Das persönliche Horoskop für alle, die am

19. NOVEMBER

geboren sind

Verlag »Das persönliche Geburtstagsbuch«

Herausgegeben von Martin Weltenburger

Planung und Chefredaktion:

Alfred P. Zeller

Autoren und Redaktion:

Thomas Poppe, Harry Guckel/Multitask (Tabellen),
Mathias Forster, Ute Bogner,
Christine Flieger (Illustrationen), Peter Engel (Graphik)

Bildteil:

Redaktionsbüro Christian Zentner

Umschlag: R.O.S. Leonberg
Satz: Uhl + Massopust, Aalen
Druck und Bindung: May & Co., Darmstadt
Printed in Germany

VORWORT

In diesem Buch werden Sie auf astrologischer Grundlage viel über sich erfahren. Manches davon haben Sie vielleicht schon gewußt oder zumindest geahnt. Sehr viel mehr jedoch wird für Sie völlig neu sein, wird Ihnen überraschende Erkenntnisse über Fähigkeiten und Kräfte vermitteln, die in Ihnen schlummern. Dadurch können sich Ihnen bislang ungeahnte Möglichkeiten für eine befriedigendere und erfolgreichere Gestaltung Ihres Lebens eröffnen. Aber auch über Ihre Schwächen und Mängel erhalten Sie hier Auskunft, und das ist für Sie fast ebenso wichtig: Nur wenn Sie Ihre Fehler erkennen, können Sie dagegen ankämpfen und dadurch erreichen, daß Ihnen weniger mißlingt und das Zusammenleben mit den Mitmenschen reibungsloser und erfreulicher wird.

Astrologie ist weder eine verstaubte Geheimwissenschaft noch eine fragwürdige Zukunftsdeutelei, und erst recht ist sie kein bequemer Vorwand, sich mit dem Hinweis auf einen angeblichen »Schicksalszwang« der Gestirne persönlicher Verantwortung zu entziehen. Vielmehr ist sie die älteste, auf jahrtausendelanger Beobachtung und Bezugsetzung kosmischen und irdischen Geschehens gründende Erfahrungswissenschaft der Menschheit, mit der sich zu allen Zeiten die fortschrittlichsten Geister ihrer Zeit befaßt haben, um die Zeitenwende der Universalgelehrte Ptolemäus ebenso wie an der Schwelle zur Neuzeit der große Arzt Paracelsus, der Humanist Melanchthon und die Begründer der modernen Astronomie und Naturwissenschaft: Kopernikus, Galilei und Kepler. Auch in Goethes Werken ist viel astrologisches Gedankengut lebendig.

Astrologie geht von der Erkenntnis aus, daß der Mensch kein isoliertes, abgekapseltes Lebewesen ist, sondern eingebettet ist in ein soziales, geographisches und kosmisches Umfeld, in ein Geflecht von subtilen Beziehungen, die ihn vielfach prägen und beeinflussen. Kosmische »Uhren« steuern alle Lebensvorgänge auf der Erde, kosmisches Geschehen bewirkt den Wechsel von Tag und Nacht, den Ablauf der Jahreszeiten, die Folge von Ebbe und Flut. Alle grundlegenden Lebensvorgänge sind in der Natur im ganzen oder im einzelnen kosmisch geprägt und geregelt. Daß dabei auch Strahlungen, die aus dem Weltall zu uns gelangen, eine bedeutsame Rolle spielen, hat man erst in jüngster Zeit entdeckt oder besser gesagt wiederentdeckt, denn unsere Vorfahren haben das schon vor Jahrtausenden intuitiv geahnt.

Kosmisch geprägt wird allerdings nicht eine leere Form, sondern ein individuelles Lebewesen, das von seinen Eltern genetisch verankerte Erbanlagen mitbekommen hat. Wie die genetischen und kosmischen Anlagen verwirklicht werden können, hängt wesentlich vom Umfeld ab, in dem sich das Leben entfaltet. Deshalb reicht ein Horoskop allein nicht aus, um einen Menschen in seiner ganzen Vielfalt zu erfassen und seinen Lebensweg zu erklären.

Seriöse Astrologie bezieht in die Horoskopdeutung stets auch den Horoskopeigner selbst und sein soziales Umfeld mit ein. Astrologie zeichnet keine Zwangsläufigkeiten vor, sie will und kann keine persönlichen Entscheidungen abnehmen oder aufdrängen, sondern vielmehr dem Menschen durch das Aufzeigen seiner Möglichkeiten und Grenzen helfen, die richtigen Entscheidungen zu treffen, will ihm so eine praktische Lebenshilfe sein.

Dieses Buch ermöglicht es Ihnen, zu entdecken, welche Wesenszüge und Fähigkeiten die kosmische Prägung Ihnen gegeben hat, weist Sie auf Ihre Stärken und Entwicklungsmöglichkeiten, aber auch auf Ihre Schwächen und Gefährdungen hin. Das im ersten Teil gezeichnete Bild beruht auf den beiden wichtigsten Gegebenheiten des Geburtshoroskops, dem Sonnenzeichen und dem Aszendenten, und wird vertieft durch die Aussagen der chinesischen und indianischen Astrologie sowie des keltischen Baum-Horoskops.

Sonnenzeichen und Aszendent sind aber nur zwei von vielen kosmischen Prägefaktoren, so daß die daraus abgeleiteten Aussagen zwangsläufig unvollständig sind und nicht die ganze Vielschichtigkeit und Einzigartigkeit eines Menschen erfassen und nachzeichnen können. Dazu braucht man ein individuelles Geburtshoroskop. Wir bieten Ihnen im zweiten Teil dieses Buches die Möglichkeit, ohne große Rechnerei Ihr persönliches Horoskop zu erstellen und mit Hilfe von Deutungstabellen die Auskünfte des ersten Buchteils entsprechend Ihren ganz persönlichen Gegebenheiten zu ergänzen und zu vertiefen, so daß ein wirklich umfassendes, in Einzelheiten gehendes Charakterbild entsteht.

Im dritten Teil schließlich geben wir Ihnen einen Ausblick auf Ihre Chancen und Gefährdungen in den kommenden Jahren. Detaillierte Aussagen sind freilich nur auf der Grundlage eines Individualhoroskops möglich, aber hilfreich ist es auch schon, wenn man die zu erwartenden Grundtendenzen mit ihren Positiv- und Negativphasen kennt, so daß man sich darauf einstellen und ungünstigen Gegebenheiten durch eigenes Bemühen entgegenwirken kann.

Wenn Sie nun allerdings mit Hilfe dieses Buches auch gleich noch die Horoskope aller Ihrer Angehörigen und Freunde erstellen wollen, müssen wir Sie leider enttäuschen, es sei denn, alle hätten am gleichen Tag Geburtstag. In jedem Buch sind nur die Tabellen der Gestirnstände und Aszendenten des betreffenden Tages enthalten: die vollständigen Tabellen für das ganze Jahr füllen weit über tausend Seiten.

Verlag und Redaktion

INHALT

Tierkreiszeichen auf einer persischen Schale.
Entstanden um 1563.

Messahalah, Der Astronom, 1504

I.
Meine kosmische Prägung

Mein Tierkreiszeichen und Planet

Ihr Tierkreiszeichen ist Skorpion, Ihr Planet Mars.

Skorpion ist ein fixes Wasserzeichen mit Minus-Polarität. Fix oder veränderlich nennt man die auf die kardinalen Zeichen folgenden Tierkreiszeichen mittlerer Intensität, deren Kraft in die Tiefe strebt. Daraus ergeben sich Beständigkeit, Überlegtheit, Ausdauer, Geduld, Zuverlässigkeit, Hartnäckigkeit, aber auch ein Mangel an Dynamik und Entschlußfreude, wenig Flexibilität, übertriebener Konservativismus, eine Neigung zu Rechthaberei und Starrsinn. Als dem Element Wasser zugeordnetes Zeichen steht Skorpion für passives Tun (Leitwort »Einsicht«), Streben nach Abkapselung von der Umwelt. Die dadurch bestimmten Haupteigenschaften sind Gefühlsstärke, Intuition, Phantasie, Empfindsamkeit, aber auch Labilität und Passivität. Die Polarität gibt die Wirkrichtung eines Zeichens an. Positive Zeichen wirken von innen nach außen, negative Zeichen von außen nach innen. Skorpion ist ein Zeichen mit Minus-Polarität, also ein »passives« Zeichen, das auf eine introvertierte Grundeinstellung hinweist, eine Haltung, die Menschen und Ereignisse auf sich zukommen läßt.

Die astrologischen Grundqualitäten des Herbstzeichens Skorpion lassen sich unter dem Kennwort »verinnerlichende Weltergreifung« zusammenfassen. Im einzelnen sybolisiert das Zeichen starke Wendung nach innen, Gefühlskraft, starken

Willen, Hartnäckigkeit, Verzichtfähigkeit und eine Tendenz zur Abkapselung, allerdings mit der Gefahr überstarker Ichbezogenheit, mangelnder Entschlußfreude und Starrsinnigkeit. Besonders stark ist die Prägekraft des Zeichens, wenn in ihm nicht nur zum Zeitpunkt der Geburt die Sonne gestanden hat, sondern auch der Aszendent in ihm liegt.

Der Mars auf einem Wagen, dessen Räder die Domizile Widder und Skorpion repräsentieren. Holzschnitt von Hans Sebald Beham 1530/40

Jedem Tierkreiszeichen ist der Planet zugeordnet, dessen Prinzip ihm am vollkommensten entspricht; den jeweiligen Planeten bezeichnet man als »Planetenherrscher«. Im Zeichen Skorpion »herrscht« Mars, dessen energetisches Prinzip die Tatkraft ist. Er gilt als männlichster aller Planeten, der Leidenschaft, Leistungsbereitschaft und Willenskraft symbolisiert, im Negativen freilich auch Unbedachtsamkeit, ichbezogene Unduldsamkeit und mangelnde Beständigkeit.

Wenn in Ihrem Individualhoroskop (siehe zweiter Teil unseres Buches) der Mars in Ihrem Sonnenzeichen Skorpion oder in Ihrem Aszendentenzeichen steht, verstärkt er die gleichgerichteten Prägekräfte Ihres Tierkreiszeichens und bestimmt wesentlich die »Grundqualität« Ihres Horoskops.

Positive Mars-Eigenschaften sind: Rasch entschlossene Umsetzung der Willenskraft in die Tat, praktisches Denken, Zielstrebigkeit, auf Anerkennung und Auszeichnung bedachter Fleiß, Mut und Selbstsicherheit, intensive Leidenschaftlichkeit, entschiedenes Auftreten, suggestive Darstellungskraft, Organisationstalent, Führungsqualitäten, rastloser kämpferischer Einsatz.

Negative Mars-Eigenschaften sind: Aggressivität, Unbedachtsamkeit, zerstörerisches Anrennen gegen Hindernisse, Machtgier, Unbeherrschtheit, verwegene Anmaßung, schroffe Rücksichtslosigkeit, Widerspruchsgeist, explosive Hitzigkeit, rechthaberischer Eigensinn, Kampf um des Kampfes willen, Auflehnung, Überschätzung der eigenen Kräfte und Fähigkeiten, mangelnde Sozialbindung.

Seit alters gibt es für die Tierkreiszeichen und Planeten symbolische Bezugsetzungen, die freilich für die heutige Individualhoroskopie keine große Bedeutung mehr haben. Immerhin interessieren sich noch viele Menschen dafür. Hier also Ihre Symbolbezüge:
Ihr Element ist das Wasser.
Ihre Farben sind Rot, Braun und Schwarz.
Ihr Temperament ist das melancholische.
Ihr Metall ist das Eisen.
Ihre Edelsteine sind Topas, Malachit, Jaspis, Rubin, Sardonyx und Magnetstein.
Ihr Wochentag ist der Dienstag.
Ihre Tiere sind Wolf, alle Raubkatzen (besonders Tiger, Panther, Leopard), Skorpion, Schlange, Hyäne, stechende Insekten sowie Tiere mit Krallen.
Ihre Pflanzen sind Stechpalme, Dornsträucher, Brennessel, Distel, Nadelbäume (besonders die Fichte), Zwiebel, Knoblauch, Rettich und ganz allgemein alles Stechende, Brennende, Bittere und Scharfe.
Ihre Zahl ist die Neun.

Wer bin ich?

Am Tag Ihrer Geburt stand die Sonne in der dritten Skorpion-Dekade. Aus diesem Sonnenstand lassen sich grundsätzliche Aussagen ableiten, die freilich auf Ihren Aszendenten (siehe Seite 40) und auf die Eigenheiten Ihres persönlichen Horoskops (siehe zweiter Teil dieses Buches) abgestimmt werden sollten. Sie sind im

Wesen: gefühlsorientiert, vital, introvertiert, konzentriert, willensstark;

Auftreten: geradlinig, selbstbewußt, zurückhaltend, überlegt, manchmal schwer berechenbar, herrisch, ungeduldig, herausfordernd;

Wollen: konstant, zielstrebig, auf Durchsetzung bedacht, hartnäckig, manchmal stark ichbezogen, eigenwillig, besitzergreifend;

Denken: scharfsinnig, gründlich, in die Tiefe strebend, abwägend, vorausschauend, manchmal konservativ und wenig flexibel;

Handeln: willensstark, konsequent, zielsicher, gründlich, zuverlässig, manchmal ungeduldig, unbeugsam, unberechenbar und waghalsig;

Ausdruck: verhalten, aber bestimmt, fundiert, selbstsicher, manchmal herausfordernd und verletzend;

Fühlen: intensiv, aber im Ausdruck verhalten, in Bindungen leidenschaftlich, loyal, opferbereit, manchmal triebhaft und nur mühsam beherrscht.

Als Skorpion-Geborener sind Sie ein Mensch, dem ein außergewöhnlich großes Energiepotential zur Verfügung steht. Es verleiht Ihnen viel Willenskraft und Durchsetzungsvermögen, aber auch eine zähe Ausdauer und eine intensive Gefühlswelt, die zu glühender Leidenschaft auflodern kann. Ihr Tierkreiszeichen symbolisiert die in die Tiefe strebende Kraft. Sie begnügen sich nicht mit lauem Mittelmaß und mit seichter

Oberflächlichkeit. Das gilt in gleichem Maße für Ihre Geistes- und Gefühlswelt. Tiefe geht Ihnen vor Breite der Gedanken und Gefühle. Wichtiger als eine Ausweitung Ihres Horizonts ist Ihnen ein gründlicher Erwerb von Wissen und Erfahrungen, mehr Wert als auf eine Vielzahl von zwischenmenschlichen Kontakten legen Sie auf einige wenige, aber enge Bindungen. Ein ausgeprägtes Selbstwertgefühl macht Sie wenig anpassungsfähig und kompromißbereit. Sehr große Flexibilität ist Ihnen in der Regel nicht gegeben.

Nach außen geben Sie sich meist bestimmt, selbstsicher und direkt, doch sind Sie auf die Wahrung einer gewissen Distanz bedacht, weil eine tiefwurzelnde mißtrauische Vorsicht Sie dazu treibt, nichts ungeprüft hinzunehmen, sich auf keinerlei unkalkulierbare Wagnisse einzulassen. Jedem Aktivwerden Ihrerseits geht eine kritische Bestandsaufnahme der Gegebenheiten voraus, denn Sie sind bemüht, stets den Überblick und damit weitgehend die Kontrolle zu bewahren, erstreben bestmögliche Absicherung Ihrer Position und Ihres Tuns. Spontane Impulshandlungen sind bei Ihnen höchst selten; Sie wirken und sind fast immer beherrscht und besonnen. Mit Ihrer tiefen Gedankenwelt sind Sie ein interessanter und anregender Gesprächspartner, doch halten Sie wenig von oberflächlichem Geplauder und kommen nur richtig in Fahrt, wenn Sie ein ebenso tiefschürfendes Gegenüber gefunden haben. Im allgemeinen sind Sie nicht sonderlich kontaktfreudig; mehr Aufgeschlossenheit zeigen Sie nur, wenn Sie ganz am Ende der dritten Skorpion-Dekade geboren sind, so daß sich bereits ein Einfluß des Nachbarzeichens Schütze in Ihrer Wesensprägung bemerkbar macht.

Aber auch dann tragen Sie Ihr Herz nicht auf der Zunge, halten sich mit Gefühlsäußerungen sehr zurück, und das nicht nur gegenüber Fremden oder Bekannten, sondern auch gegenüber Freunden oder sogar den Ihnen am nächsten stehenden Menschen. Sorgfältig sind Sie darauf bedacht, die Tiefen Ihrer Seele abzuschotten, niemanden in die geheimen Winkel Ihres

Gefühlslebens hineinschauen zu lassen. Sie brauchen emotional einen ureigensten Freiraum, Ihre Geheimnisse, die Sie selbst einem Menschen, mit dem Sie das Leben teilen, nie völlig offenbaren. Diese Verhaltenheit kann Ihnen eine Aura des Unergründlichen und Rätselhaften verleihen, die Sie manchmal bewußt pflegen, weil Sie wissen, daß Sie dadurch besonders auf Vertreter des anderen Geschlechts eine starke Faszination ausüben. Achten Sie jedoch darauf, daß daraus keine innere Abkapselung wird, die Ihre menschlichen Bindungen belastet und zu einer seelischen Verhärtung und Verarmung führen kann. Bei aller Wahrung innerer Freiräume sollten Sie zumindest in einigen Beziehungen sich so vorbehaltlos öffnen, daß ein echter, beide Seiten bereichernder Austausch auf emotionaler Ebene möglich ist.

Eine große Zahl von zwischenmenschlichen Kontakten ist für Sie nicht notwendig. Es kann sehr lange dauern, bis Sie jemanden akzeptiert haben und bereit sind, eine Bindung einzugehen; das gilt für eine Zweierbeziehung ebenso wie für Freundschaften oder Bekanntschaften. Wenn Sie sich jedoch gebunden haben, sind Sie loyal, verläßlich, hilfsbereit und notfalls auch opferwillig. Weil Ihnen das Knüpfen von Kontakten schwerfällt, sind Sie an der Stabilität Ihrer Beziehungen interessiert und bereit, sich auf den anderen zu konzentrieren, Bindungen mit Leben zu erfüllen und ihnen Tiefgang zu geben, doch verlangen Sie Ihrerseits vom Partner eine Zuwendung, die häufig einen Ausschließlichkeitsanspruch darstellt. Wiederum kann sich Ihr Hang zur Abkapselung bemerkbar machen: Um der Beziehung Dauer zu verleihen und sie abzusichern, neigen Sie häufig zu einer übermäßigen Einschränkung des Partners, besonders was seine Kontakte zu anderen Menschen angeht, und entwickeln eine Eifersucht, die zur lähmenden Fessel werden kann. Die Bindung wird zum »goldenen Käfig«, und wenn Sie sich auch noch so hingebungsvoll um eine bequeme Auspolsterung dieses Käfigs bemühen, liegt es doch nicht jedem, sich auf Dauer in Ihre (von Ihnen in einer

Zweierbindung oft mit leidenschaftlicher Gefühlstiefe und großer Fürsorge belohnten) Gefangenschaft zu begeben, in der ihm jeder persönliche Freiraum genommen ist. Dafür haben Sie freilich wenig Verständnis und reagieren enttäuscht und oft sogar rachsüchtig, wenn man sich Ihrer wohlgemeinten Tyrannei entzieht.

Nach außen wirken Sie gelassen und selbstsicher, und das ist keineswegs eine bloße Schau. Sicherheit und ein ausgeprägtes Selbstwertgefühl verleiht Ihnen das Bewußtsein, über große Kräfte zu verfügen und sie mit Hilfe Ihres wachen Verstandes und Ihres intuitiven Gespürs zielsicher und erfolgsorientiert einsetzen zu können. Häufig sind Sie ein Meister der wohlbedachten absichernden Vorausplanung und wissen recht genau, was Sie wollen. Dank Ihrer Willenskraft, Ihrer Gründlichkeit und Ausdauer erreichen Sie meist, was Sie sich in den Kopf gesetzt haben. Kaum je werfen Sie bei Schwierigkeiten vorschnell die Flinte ins Korn, sondern räumen sie durch geballten Krafteinsatz oder zähe Beharrlichkeit aus dem Weg. Sie gehen geradlinig vor; diplomatisches Traktieren und Finessieren liegt Ihnen wenig. Herausforderungen nehmen Sie kampfbereit an, Konkurrenz schreckt Sie nicht. Sie sind ein fairer Gegner, wenn man Ihnen offen gegenübertritt, doch reagieren Sie ungemein empfindlich, wenn man Ihr Ehrgefühl verletzt. Wenn Sie sich herabgesetzt oder gar bloßgestellt fühlen, erwachen in Ihnen Rachegefühle, die sich durch nichts beschwichtigen lassen. Da Sie Unrecht und Kränkungen nie vergeben oder vergessen, sind Sie ein gefährlicher Feind, der unversöhnlich darauf aus ist, den Widersacher seinerseits herabzuwürdigen oder gar zu vernichten, wobei Sie in der Wahl Ihrer Mittel manchmal nicht sehr wählerisch sind.

Mangelnde Flexibilität ist die Ursache, warum Sie in Ihren Ansichten und Standpunkten häufig sehr konservativ sind. Früh schon beziehen Sie nach sorgfältiger Prüfung eigene Positionen, die manchmal sogar recht progressiv sein können, sind aber danach kaum mehr zu einer Revision zu bewegen, sondern verharren eigensinnig darauf, auch wenn sie durch den Gang der Dinge überholt sind. Immerhin sind Sie klug genug, um zu erkennen, wenn ein Standpunkt vollkommen unhaltbar geworden ist, und lassen sich durch fundierte Argumente zu einem Meinungsumschwung bewegen. Kampflos geben Sie allerdings keine einmal bezogene Position preis.

In der Regel sind Sie sehr ehrgeizig und erstreben Beachtung und Anerkennung. Zwar wollen Sie nicht unbedingt im Rampenlicht stehen, doch legen Sie großen Wert darauf, Entwicklungen beeinflussen und steuern zu können. Eine Bevormundung und Gängelung lehnen Sie im persönlichen Leben und in der Arbeit ab. Sie wehren sich gegen jede Beschneidung Ihrer Freiräume, obwohl Sie Ihrerseits, wie schon erwähnt, dazu neigen, in zwischenmenschlichen Bindungen andere einzuengen. Im praktischen menschlichen Miteinander zeichnen Sie sich fast immer durch einen ausgeprägten Gerechtigkeitssinn und viel Hilfsbereitschaft aus.

Alle diese Wesenszüge und Verhaltensweisen beruhen auf der kosmischen Grundprägung durch das Sonnenzeichen, die freilich im konkreten Einzelfall durch die vielen anderen Prägefaktoren des individuellen Horoskops, durch genetische Prägung oder durch die persönlichen Entwicklungsmöglichkeiten verändert, abgeschwächt oder auch ins Negative übersteigert sein können. Durch eine solche Übersteigerung wird beispielsweise aus Zurückhaltung Abkapselung und Heimlichtuerei, aus Leidenschaft Unbeherrschtheit und Triebhaftigkeit, aus Ausdauer starrköpfige Sturheit, aus ehrgeiziger Zielstrebigkeit rücksichtsloser Durchsetzungswille und aus energischer Entschlossenheit blindwütiges Losschlagen. Um festzustellen, inwieweit Sie dem auf Seite 12 aufgeführten »Grundmuster« des Skorpion-Geborenen der dritten Dekade entsprechen, ist eine ehrliche Selbstprüfung sinnvoll, doch genaueren Aufschluß gibt auch Ihr persönliches Geburtshoroskop, das Sie nach der Anleitung im zweiten Teil des Buches erstellen können.

Für jeden Menschen ist es wichtig, nicht nur über seine positiven Anlagen und Fähigkeiten Bescheid zu wissen, um sie bestmöglich entfalten und einsetzen zu können, sondern auch seine Schwächen und Fehler zu kennen, denn nur dann ist er imstande, sie zurückzudämmen oder gar auszumerzen. Als Skorpion-Geborener mit einem starken Willen sind Sie dazu durchaus imstande. Nehmen Sie sich also die Zeit für eine selbstkritische Bestandsaufnahme, die Ihnen durch die Ausarbeitung Ihres Individualhoroskops erleichtert wird, und gehen Sie dann entschlossen an die Aufgabe einer vielleicht notwendigen Änderung von Verhaltensweisen und Standpunkten, damit Sie aus dem, was Ihnen kosmische Prägung mit auf den Lebensweg gegeben hat, das Beste machen können.

Sterndeuter.
Aus einem Planetenbuch von 1596

Meine Anlagen und Neigungen

Sie sind als Skorpion-Geborener der dritten Dekade ein vorwiegend gefühlsorientierter und introvertierter Mensch. Ihr Sonnenzeichen symbolisiert die in die Tiefe strebende Kraft, und diese Ausrichtung zeigt sich auch in Ihrer Gedanken- und Gefühlswelt. Laues Mittelmaß und banale Oberflächlichkeit lehnen Sie ab; Ihr Geist strebt forschend in die Tiefe, und auch in Ihrem Fühlen und Erleben sind Sie von einer Intensität, die vielen anderen Menschen fremd ist. Groß ist Ihr Energiepotential, das Ihnen viel Willenskraft,Durchsetzungsvermögen und zähe Ausdauer verleiht. Sie geben sich energisch und selbstsicher, sind jedoch im Gefühlsausdruck sehr verhalten, verschließen die Tiefen Ihrer Seele vor fremder Neugier, wollen sich grundsätzlich nicht gern in die Karten schauen lassen. Diese Tendenz zur Abschottung kann allerdings bei überstarker Ichbezogenheit zu einer Verschlossenheit und Kontaktarmut führen, die zu einem rücksichtslosen Egoismus führt. Andererseits können Sie aber auch sehr leidenschaftlich sein und manchmal Mühe haben, sich unter Kontrolle zu halten, so daß bei Ihnen eine unbeherrschte Triebhaftigkeit möglich ist. Vermeiden Sie unbedingt beide Extreme, die sich auf Ihre Entfaltungsmöglichkeiten und Ihre Kontaktfähigkeit gleichermaßen verhängnisvoll auswirken.

Im Bewußtsein der Ihnen zur Verfügung stehenden Energien sind Sie eine Kämpfernatur, die Schwierigkeiten und Hindernissen nicht ausweicht, sondern sie frontal angeht und durch geballten Krafteinsatz oder zähe Beharrlichkeit aus dem Weg räumt. Sie planen zwar sorgfältig und vorsichtig voraus, sind jedoch nicht sonderlich flexibel und verstehen sich selten auf geschicktes Taktieren. Den Mitmenschen gegenüber sind Sie bei aller Verhaltenheit direkt und fair, seelisch allerdings ungemein verletzlich und bei absichtlich zurücksetzender, demütigender oder bloßstellender Behandlung von einer unversöhnlichen Rachsucht erfüllt. Sie stellen an sich und die

Mitmenschen hohe Anforderungen, sind zielstrebig und ehrgeizig und brauchen Beachtung und Anerkennung, auch wenn Ihnen nicht allzuviel daran liegt, im Mittelpunkt oder im Rampenlicht zu stehen. Sie sind auf die Wahrung persönlicher Freiräume bedacht und lehnen jede Bevormundung und Gängelung ab. Mit Ihrer Eigenwilligkeit haben Sie manchmal Mühe, sich in Gemeinschaften einzuordnen, besonders wenn dies für Sie Unterordnung bedeutet. Wenn Sie jedoch Bindungen eingegangen sind, erweisen Sie sich als loyal und zuverlässig.

Viele dieser durch kosmische Prägung bedingten Eigenheiten zeigen sich bereits beim Skorpion-Kind. In der Regel ist es außergewöhnlich vital und in der körperlichen und geistigen Entwicklung nicht selten den Altersgenossen voraus. Früh schon zeigt sich sein starker Wille, nicht nur in weniger erfreulicher Gestalt als Eigensinn, sondern auch positiv als Leistungsbereitschaft und Ausdauer. Sehr verhalten ist das Kind in seinen Gefühlsäußerungen, was von den Eltern auf keinen Fall mißverstanden werden darf: Das Skorpion-Kind ist mindestens ebenso liebes- und zuwendungsbedürftig wie andere Kinder, auch wenn es das nicht offen zu zeigen vermag. Mangelnde Zuwendung kann zu einer inneren Abkapselung und zu einer zeitlebens fortdauernden Kontaktscheu führen, die man unbedingt vermeiden sollte.

Sehr leicht lenkbar ist das Skorpion-Kind nicht, mit Vorhaltungen oder gar mit Strafen erreicht man bei ihm wenig. Da es schon früh mit seinem wachen Verstand überraschend vernünftig ist, sollte man sich die Mühe machen, es als Individuum anzuerkennen und ausführlich mit ihm zu sprechen, ihm den Sinn von Verboten oder Vorschriften zu erklären und ihm sehr offen gegenüberzutreten, denn Täuschungen durchschaut es rasch und nimmt sie übel. Zu beachten ist sein empfindliches Ehrgefühl; Ungerechtigkeiten und Kränkungen vergißt und vergibt es nur schwer. Haß- und Rachegefühle können lange Zeit nachwirken.

In der Schule hat das Skorpion-Kind, das eine normale Entwicklung durchlaufen konnte, nur selten größere Probleme, auch wenn manchmal die Einordnung in die Klassengemeinschaft nicht ganz reibungslos vor sich geht. Leistungswille, Zielstrebigkeit und Ausdauer lassen in der Regel ordentliche Noten erwarten, Schwierigkeiten werden als Herausforderungen empfunden und meist ohne Hilfe mit großer Zähigkeit bewältigt. Dem natürlichen Bewegungsdrang des Kindes sollte dadurch Rechnung getragen werden, daß man auf eine ausreichende körperliche Ausarbeitung durch Sport und Spiel achtet. Einem vielleicht erkennbaren Hang zur Abkapselung sollte durch eine behutsame und unaufdringliche Förderung zwischenmenschlicher Kontakte entgegengewirkt werden.

Eine Gängelung durch Vorschriften oder allzu fordernde Empfehlungen lehnt der Skorpion-Geborene bei der Berufswahl wie in allen Lebensbereichen ab. Da ihm die vorausschauende Planung liegt, macht er sich oft früh schon Gedanken über den künftigen Lebensweg und setzt sich in einer meist realistischen Einschätzung der eigenen Möglichkeiten und Fähigkeiten Ziele, die für ihn erreichbar sind. Bei der Berufswahl kann zwar ein sorgfältig erstelltes und ausgedeutetes Individualhoroskop eine Hilfe sein, doch eine allgemeine Zuordnung bestimmter Berufe zu den einzelnen Tierkreiszeichen, wie sie in der älteren astrologischen Literatur üblich war, ist angesichts der Gegebenheiten im heutigen Arbeitsleben wenig sinnvoll. Wir beschränken uns deshalb auf einige Hinweise, die sich auf die kosmische Grundprägung des Skorpion-Geborenen stützen.

Sein wertvollstes »Arbeitskapital« ist sein großes Energiepotential, das ihm viel Durchsetzungsvermögen, Zielstrebigkeit, Gründlichkeit und Ausdauer verleiht. Er plant vorsichtig und ist auf bestmögliche Absicherung aller zum Ziel führenden Schritte bedacht. Unkalkulierbare Risiken geht er nicht ein. Kaum je wirft er vorschnell die Flinte ins Korn; Hindernisse und Schwierigkeiten sind für ihn Herausforderungen, an denen er sich messen und bewähren kann. Zwar kennt er keinen Konkurrenzneid, weicht aber Konkurrenzkämpfen nicht aus. In der Regel ist er fair und direkt, reagiert aber ungemein empfindlich und heftig auf jede Verletzung seines Stolzes und Ehrgefühls. Er will nicht unbedingt im Vordergrund stehen, aber dennoch mitbestimmen oder nach Möglichkeit eine Führungsrolle übernehmen; zum passiven Befehlsempfänger fühlt er sich nicht geboren.

In einem freien Beruf kann er sich mit seiner Leistungsbereitschaft, seinem Ehrgeiz und seinem Durchhaltevermögen gut behaupten, auch wenn er manchmal nicht sonderlich geschäftstüchtig ist und die materielle Absicherung vernachlässigt. In einer Führungsposition ist er tatkräftig und zielbewußt, verlangt viel, erkennt aber Leistungen großzügig an. Eine Teamarbeit, in der er nichts mitzubestimmen hat, liegt ihm wenig, und überhaupt nicht zur Entfaltung kommt er in einem abhängigen Arbeitsverhältnis, das ihn in eine öde Routine zwängt und seine persönlichen Freiräume beschneidet. Nur wenn er gefordert wird und einen Entscheidungsspielraum hat, kann er zeigen, was in ihm steckt. Und das ist meist recht viel.

Neben den Fähigkeiten und Kenntnissen, die er sich erworben hat, sind es die Anlagen und Eigenschaften des Skorpion-Geborenen, die ihm trotz aller Veränderungen auf dem Arbeitsmarkt und in den einzelnen Berufen nach wie vor zugute kommen. Die Umstände, unter denen er eine Tätigkeit ausüben kann, sind für seine Entfaltungsmöglichkeiten meist sehr viel wichtiger als der Berufszweig oder die Position. Mag es ihm auch an der Flexibilität und Anpassungsbereitschaft fehlen, die im heutigen Berufsleben vielfach gefordert werden – er hat zahlreiche andere Qualitäten, die zu allen Zeiten gefragt sind und die es ihm ermöglichen, die beruflichen Ziele zu erreichen, die ihm sein realistischer Ehrgeiz setzt.

Meine Gesundheit

Wenn in früheren Jahrhunderten Leute von Rang und Namen erkrankt waren, wurde als erstes nicht der Arzt, sondern der Astrologe gerufen, der dem Heilkundigen die für Diagnose und Behandlung wichtigen Hinweise zu geben hatte. Häufig waren jedoch die Ärzte selbst Astrologen, so etwa Paracelsus, der bedeutendste Mediziner an der Wende des Mittelalters zur Neuzeit, der die Meinung vertrat, daß die Beachtung der Gestirnstände eine notwendige Voraussetzung für jede erfolgreiche Behandlung sei. Das war damals schon seit Jahrtausenden üblich, wie Zeugnisse aus der griechischen und römischen Antike beweisen.

Uralt sind auch die Zuordnungen bestimmter Körperteile, Organe und Erkrankungen zu Tierkreiszeichen und Gestirnen. Das bedeutet nichts anderes, als daß je nach den Konstellationen des Geburtshoroskops bestimmte Schwachpunkte und Gefährdungen gegeben sind. Es heißt jedoch nicht, daß entsprechende Erkrankungen und Schädigungen tatsächlich eintreten müssen: Eine durch kosmische Prägung gegebene, im Geburtshoroskop angezeigte Krankheits- und Schädigungsdisposition wird erst dann akut, wenn im weiteren Verlauf des Lebens bestimmte auslösende Gestirnstände die schlummernden Anlagen aktivieren. Daraus ist freilich nicht zu schließen, daß »die Sterne krank machen«; sie machen ebensowenig krank, wie eine Uhr Zeit »macht«. Uhren zeigen Zeit an, und genauso zeigen Gestirne drohende Gefährdungen an. Wenn ich rechtzeitig auf diese Warnungen achte, meine Schwachpunkte kenne und weiß, welche Gefahren mir drohen, kann ich Gegenmaßnahmen ergreifen, um sie abzuwenden. Ich kann ganz gezielt meine Lebensweise und Ernährung umstellen, auf Genußgifte verzichten, meinen Organismus durch Bewegung, Gymnastik, Wasseranwendungen nach Kneipp usw. kräftigen und so dafür sorgen, daß meine Krankheitsdispositionen nicht zu tatsächlichen Erkrankungen werden.

Dem Zeichen Skorpion zugeordnet sind der Unterleib mit den Zeugungs- und Ausscheidungsorganen, Blinddarm, Bekken und Leisten, die endogenen Drüsen, die Nase, der Hals und die Schilddrüse, was auf eine Anfälligkeit für Unterleibserkrankungen, Leistenbruch, Nasen-, Hals- und Schilddrüsenerkrankungen hinweist. Bei am Ende der dritten Dekade Geborenen ist noch eine erhöhte Gefährdung von Hüften, Gesäß und Oberschenkeln gegeben. »Planetenherrscher« im Zeichen Skorpion ist der Mars, dem die Sexualfunktionen, das Muskelsystem, die Galle, die roten Blutkörperchen, die motorischen Nerven und der Wärmehaushalt des Körpers zugeordnet sind, so daß eine Gefährdung durch fiebrige und entzündliche Erkrankungen, Verletzungen, Blutvergiftung und Erkrankungen von Galle und Geschlechtsorganen (auch Funktionsstörungen) angezeigt sind.

Nicht Willkür oder primitives Symboldenken erklären diese astrologischen Zuschreibungen, sondern vielmehr wurden sie im Lauf von Jahrtausenden durch sorgfältige Beobachtung und Bezugsetzung von irdischem und kosmischem Geschehen empirisch erarbeitet.

Gefährdung und Vorbeugung

Die bei Ihnen angezeigten Gefährdungen bedeuten keineswegs, daß es schicksalhaft und unausweichlich zu einer entsprechenden Schädigung kommen muß, sondern lediglich, daß Sie in dieser Hinsicht besonders vorsichtig sein sollten, damit eine bei Ihnen gegebene Möglichkeit nicht zur schadenbringenden Wirklichkeit wird.

Das hat zunächst einmal mit Astrologie wenig zu tun, sondern ist ganz einfach ein Gebot des gesunden Menschenverstands. Wenn Sie beispielsweise wissen, daß Sie einen schwachen Magen haben, sind Sie von sich aus darauf bedacht, ihn nicht zu überladen, ihm nichts Unbekömmliches zuzumuten, denn Sie wissen aus schmerzlicher Erfahrung, was das zur Folge haben würde. Ihre im Horoskop angezeigten Gefährdungen

Aufteilung der Tierkreiszeichen auf die verschiedenen Körperzonen

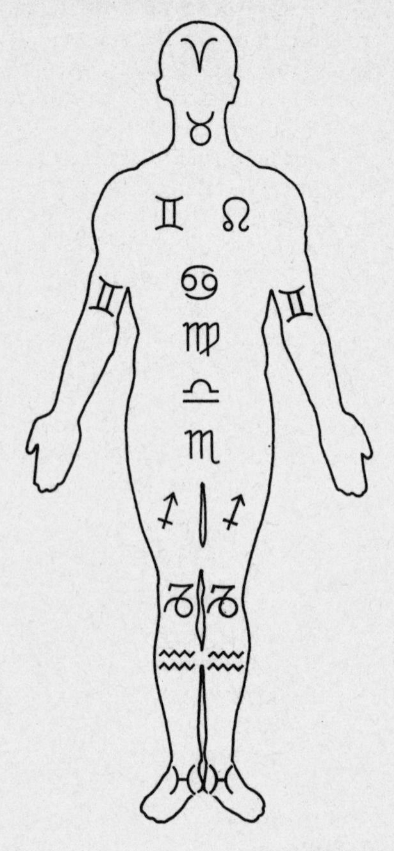

♈ Widder: Kopf
♉ Stier: Kehle, Hals
♊ Zwillinge: Lunge und Arme
♋ Krebs: Brust und Magen
♌ Löwe: Herz
♍ Jungfrau: Darm

♎ Waage: Nieren und Harnleiter
♏ Skorpion: Geschlechtsorgane
♐ Schütze: Oberschenkel
♑ Steinbock: Knie
♒ Wassermann: Waden
♓ Fische: Füße

mögen Ihnen zwar weniger deutlich bewußt sein, sind aber ebenso ernstzunehmen. Der Wert der Horoskopaussage liegt ja gerade darin, daß sie Ihnen Erkenntnisse über Ihre leibseelischen Anlagen und Gegebenheiten vermittelt, also auch über Ihre physische und psychische Gesundheit und deren mögliche Beeinträchtigungen. Wenn Sie jedoch Ihre Schwachpunkte kennen, können Sie gezielt dagegen angehen und durch vorbeugende Maßnahmen dafür sorgen, daß Anfälligkeiten nicht zu tatsächlichen Erkrankungen und Schädigungen führen. Wir müssen uns hier freilich auf allgemeine Hinweise beschränken, denn die Astromedizin oder medizinische Astrologie ist eine hochkomplizierte Erfahrungswissenschaft, deren Diagnose- und Therapiemethoden nicht auf wenigen Seiten darstellbar sind.

Die in Ihrem Horoskop angezeigte Gefährdung durch fieberhafte und entzündliche Erkrankungen und Unfallverletzungen findet ihre Entsprechung und Begründung in einem Ihrer Wesenszüge, in Ihrer triebstarken Affektivität. Einem Fieberschub gleich, brechen sich Ihre nicht selten durch Stauungen intensivierten Energien mit drängender Ungeduld nach außen Bahn, im Alltagsleben ebenso wie in Ihren Befindlichkeitsstörungen. Das kann mit so großer Gewalt geschehen, daß der kontrollierende Verstand, der gewöhnlich Ihr Handeln bestimmt, weitgehend ausgeschaltet wird und unbedachte Impulshandlungen zu Schädigungen führen, und das um so eher, als Sie meist weder sich selbst noch anderen gegenüber sehr zimperlich sind. Es hat seinen guten Grund, warum ausgerechnet der kriegerische, ungestüme Mars als »Planetenherrscher« im Zeichen Skorpion gilt.

Auch die Betonung einer Gefährdung der Zeugungsorgane, wie sie durch Ihr Sonnenzeichen und Ihren Planetenherrscher angezeigt wird, spiegelt sich in Ihrer Wesensprägung. Skorpion-Geborene sind ungemein triebstark, nicht nur sexuell, sondern auch in ihrem Drang, hinter die Oberfläche der Erscheinungswelt vorzudringen, die Geheimnisse der Umwelt und der Mitmenschen zu ergründen und einflußnehmend auf sie einzuwirken, um sie gleichsam zeugend mitzugestalten. Diese ergründenwollende und besitzergreifende Einstellung kennzeichnet auch ihre Sexualität, die im Leben von Skorpion-Geborenen eine nahezu zentrale Bedeutung haben kann. Hier hängt sehr viel von der frühkindlichen Entwicklung ab. Übermäßige Tabuisierung ohne Sublimierungsmöglichkeiten hat fast immer eine zeitlebens nachwirkende Fehlentwicklung zur Folge. In der Regel kommt es dann in der Pubertät zu quälenden inneren Konflikten, die sich bei beiden Geschlechtern häufig als Blinddarmaffektionen äußern. Auch die spätere Neigung zu Unterleibserkrankungen hat vorwiegend seelische Ursachen, und die dadurch meist bedingte Beeinträchtigung der Liebesfähigkeit führt nicht selten zu einer Aufschaukelung der psychosomatischen Problematik, die noch verschärft werden kann, wenn durch eine entwicklungsbedingte Verarmung der gemüthaften Seiten die emotionale Bindungsfähigkeit gemindert oder erloschen ist.

So selbstsicher, willensstark und geschlossen, wie Sie nach außen häufig wirken, sind Sie in Wirklichkeit selten; meist leiden Sie unter starken inneren Spannungen und Konflikten. Ihre naturgegebene Triebhaftigkeit kann Probleme schaffen, wenn Sie aufgrund von Erziehung oder Entwicklung zur Verdrängung Ihrer Impulse (vorwiegend auf sexuellem Gebiet) neigen, anstatt sie beherrscht zu kanalisieren. Hüten Sie sich davor, Ihre Probleme ständig »wegdrücken« zu wollen, anstatt sich ihnen zu stellen und sie aufzuarbeiten, denn sonst besteht die Gefahr, daß sie untergründig weiterwuchern und immer mächtiger werden. Lassen Sie Ihre starke Ichbezogenheit nicht zum krassen Egoismus ausarten. Bemühen Sie sich um mehr Offenheit, eine verstärkte Hinwendung zur Umwelt und den Mitmenschen, um mehr innere Gelöstheit, aber auch um größere Ehrlichkeit sich selbst gegenüber, was Ihre ureigensten Konflikte angeht. Wenn Sie das beherzigen, können Sie vielleicht manche der genannten Gefährdungen abbauen.

Die ideale Partnerschaft – Liebe und Ehe

Manche Menschen verstehen sich auf Anhieb prächtig und kommen ausgezeichnet miteinander aus, während andere nur schwer zueinander Kontakt finden oder sich gar in offenen Streitigkeiten oder schwelenden Konflikten aneinander zerreiben. Wesensverwandtschaften und Wesensgegensätze spielen in zwischenmenschlichen Beziehungen eine entscheidende Rolle, und da das Wesen des Menschen maßgeblich durch kosmische Prägung mitbestimmt wird, sind Partnerschaftsvergleiche auf astrologischer Grundlage ungemein beliebt.

Nun sind freilich solche Vergleiche im konkreten Fall nur dann wirklich aussagekräftig, wenn die individuellen, präzis erstellten und ausgedeuteten Horoskope beider Partner als Grundlage dienen. Immerhin lassen sich aus den Sonnenzeichen zweier Menschen »Verträglichkeitswerte« ableiten, ist doch das Tierkreiszeichen, in dem zum Zeitpunkt der Geburt die Sonne gestanden hat, der wichtigste Prägefaktor des Individualhoroskops. Zwar kann man aus einem Wesensbild, das lediglich aus dem Sonnenzeichen abgeleitet wurde, keine genauen Aussagen für den Einzelfall gewinnen, aber solche Vergleiche sind dennoch sinnvoll, weil sie helfen können, zwischenmenschliche Beziehungen erfreulicher und reibungsloser zu gestalten: Wenn man die Stärken und Schwächen seiner Mitmenschen kennt, vermag man sich besser darauf einzustellen und manche Reibereien und Krisen zu vermeiden. Dazu gehört freilich auch, daß man zunächst einmal über sich selbst möglichst genau Bescheid weiß, sich seine Schwächen eingesteht und sich keiner Selbsttäuschung hingibt. Deshalb stellen wir den Partnerschaftsvergleichen nach Sonnenzeichen Ausführungen über Ihr eigenes Verhalten in zwischenmenschlichen Beziehungen voran.

Aufgrund der Charakteristiken der Sonnenzeichen hat man eine Vergleichstabelle der zwölf Tierkreiszeichen erstellt, auf der die Verträglichkeit nach einem von 1 bis 6 reichenden

Punktesystem bewertet wird. Danach verträgt sich der Skorpion am besten mit Krebs und Fische (6 Punkte), dann mit Jungfrau (5 Punkte) und mit Zwillinge, Löwe und Steinbock (je 4 Punkte). Nicht so gut klappt es mit Widder und Schütze (3 Punkte) sowie mit Stier und Waage (2 Punkte), während Skorpion und Wassermann mit lediglich einem Punkt am unteren Ende der Verträglichkeitsskala stehen. Diese Bewertung gilt freilich nur für die grundlegenden Wesenszüge; im konkreten Einzelfall kann ein Skorpion durchaus mit einem Wassermann auskommen, nur müssen in diesem Fall beide Partner mehr als bei den anderen Verbindungen sich bemühen, die Beziehung trotz erheblicher Wesensunterschiede harmonisch zu gestalten, während in der Partnerschaft mit einem Krebs diese Harmonie von vornherein weitgehend gegeben ist.

Ihr Partnerschaftsverhalten

Vielen gelten Sie wegen Ihrer ausgeprägten Introvertiertheit und Eigenwilligkeit als problematischer Partner, doch solche Pauschalurteile sind wenig sinnvoll. Zurückhaltend und selbstbewußt sind auch Vertreter anderer Tierkreiszeichen, und Sie haben manche positiven Seiten, die einer Partnerschaft dienlich sind, sind Sie doch in der Regel grundanständig, mitfühlend, hilfsbereit, opferwillig, loyal und treu. Mit Ihrer Strebsamkeit sorgen Sie für eine abgesicherte materielle Basis; bei Schwierigkeiten werfen Sie nicht mutlos die Flinte ins Korn, sondern mobilisieren Ihr großen Kräftepotential, um sie wegzuräumen. Sie scheuen keine Auseinandersetzungen, sondern gehen aus Konflikten, die Ihre Kräfte fordern, meist gestärkt hervor. Halbheiten lehnen Sie ab. Oft sind Sie ein fesselnder Gesprächspartner mit vielseitigen und auch außergewöhnlichen Interessen. Ihr gelassenes, verhaltenes Auftreten strahlt Selbstsicherheit und Ruhe aus. Wenn Sie sich einem Mitmenschen zu öffnen vermögen, geht häufig von Ihnen eine faszinierende erotische Ausstrahlung aus.

Allerdings können diese positiven Anlagen – wie bei allen Menschen – auch ins Negative übersteigert oder durch die Prägekraft anderer kosmischer Faktoren verformt sein, so daß Sie tatsächlich zum schwierigen Partner werden. So kann aus Zurückhaltung eine Tendenz zur Abkapselung und zur undurchschaubaren Heimlichkeit werden, aus Strebsamkeit rücksichtsloser Durchsetzungswille, aus Ausdauer und Geradlinigkeit verbissene Starrheit, aus Ichbezogenheit Selbstsucht, aus Verinnerlichung seelische Verspannung, die den klaren Blick auf die Umwelt trübt. Ihre einer tiefen Gefühlswelt entspringende Leidenschaftlichkeit kann zu ungebändigter Triebhaftigkeit werden, die auf seelische Bedürfnisse des Partners wenig Rücksicht nimmt.

Ihr Partner sollte sich darauf einstellen, daß Sie oft ein Mensch der Extreme sind, der sich nur schwer anzupassen vermag und den man nicht ohne weiteres lenken oder nach den eigenen Vorstellungen zurechtbiegen kann. Wer mit Ihnen eine Verbindung eingehen will, muß bereit sein, sich auf Sie einzustellen, sich auf Sie zu konzentrieren, Ihnen absolut offen gegenüberzutreten. Er muß auf Ihr ausgeprägtes Ehrgefühl Rücksicht nehmen: Wenn dieses verletzt wird, setzen Sie Ihren gefürchteten »Stachel« ein, schlagen hart zurück und können dann Ihrerseits ungerecht und verletzend sein. Seitensprünge darf sich Ihr Partner nicht erlauben, denn für Sie gilt die Devise »Alles oder nichts«, und da Sie selbst unverbrüchlich treu sind, erwarten Sie die gleiche Verbundenheit. Ein ausgesprochener »Sex-Muffel« ist nichts für Sie, da die Erotik für Sie einen recht hohen Stellenwert hat.

Nicht jeder wird sich so weitgehend auf Sie einstellen können, wie es für eine harmonische, dauerhafte Verbindung notwendig ist. Wer es jedoch vermag, wird in Ihnen einen unbedingt verläßlichen Partner finden, der zwar nicht sonderlich einfach ist, aber die Zuwendung durch tiefe Gefühle, aufrichtige Loyalität, unverbrüchliche Hilfsbereitschaft und stabile Sicherheit dankt.

Skorpion mit Widder 

Beide sind energisch, tatendurstig und ehrgeizig, beide streben nach Erfolg. Freilich ist der Widder ein selbstsicherer Optimist, der seine Ziele mit viel Realitätssinn auf direktem Weg ansteuert, während der Skorpion oft von Zweifeln und Ängsten geplagt wird, die ihm die Verwirklichung seiner Vorhaben erschweren. Immerhin ist er dem Widder an Ausdauer und Zähigkeit überlegen, und so können beide ein erfolgreiches Team bilden, in dem der Widder Anstöße und praktische Tips gibt und der Skorpion für die Beharrlichkeit sorgt. In einer engen Zweierbindung kann es jedoch wegen der Wesensverschiedenheiten Probleme geben. Der Widder ist offen und direkt, der Skorpion eher verschlossen und in sich gekehrt; in seiner stärkeren Ichbezogenheit macht er häufig den Versuch, den Partner an die Kette zu legen, ihn ganz auf sich zu fixieren, was ein Widder nur schwer erträgt. Eifersuchtsszenen sind nicht selten. Bei Konflikten liegt es am Widder, die Spannungen mit Fingerspitzengefühl und Klugheit zu entschärfen. Das ist zwar nicht ganz einfach, lohnt aber die Mühe, denn der Skorpion vergilt aufrichtige Zuwendung mit dankbarer Sorge und leidenschaftlicher Liebe. Wegen vieler Gegensätze ist zwar eine Skorpion-Widder-Verbindung selten problemlos und konfliktfrei, aber wenn beide sich aufeinander eingestellt haben und verständnisbereit sind, kann sie trotz mancher Schwierigkeiten beglückend und von Dauer sein.

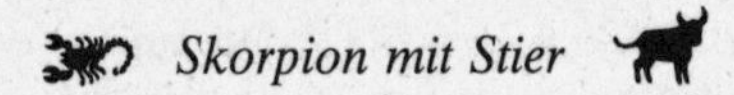

Skorpion mit Stier

Zwischen Vertretern dieser beiden Tierkreiszeichen kann es rasch zu einer sexuellen Bindung kommen, da beide tiefer Gefühle fähig und für Zärtlichkeiten sehr empfänglich sind. Zwar sind sie in der grundlegenden Wesensprägung sehr verschieden und haben oft auch ganz andere Interessen, aber gerade diese Gegensätzlichkeit wird zunächst eine starke Anziehungskraft ausüben und die gegenseitige erotische Attraktivität verstärken. Ist allerdings eine Partnerschaft erst einmal eingefahren, das Miteinander zur Routine geworden, kann sich die anfängliche Begeisterung rasch verflüchtigen und schließlich einer mehr oder minder konfliktreichen Spannung weichen, in der sich Reibereien immer wieder zu Auseinandersetzungen steigern. Zur Aufladung der Atmosphäre trägt bei, daß beide sehr eigenwillig und ichbezogen sind, zu Starrköpfigkeit und Rechthaberei neigen, vom Partner Besitz ergreifen wollen und deshalb häufig von Eifersucht geplagt werden. Sonderlich viel Verständnis für die Eigenart des anderen bringt keiner auf, und auch an Kompromißbereitschaft fehlt es ihnen. Lange Zeit können die Gegensätzlichkeiten durch die Tiefe und Leidenschaftlichkeit der erotischen Bindung überbrückt werden, doch wenn der Alltag immer wieder Konflikte bringt, wird die Beziehung ständig starken Belastungen ausgesetzt, und sie muß schon sehr tragfähig sein, um diese auf Dauer zu überstehen. Dazu ist aufrichtiges Bemühen auf beiden Seiten nötig. Wenn es klappt, haben beide von einer Partnerschaft menschlich und materiell manchen Nutzen.

Skorpion mit Zwillinge

Auf intellektueller Ebene verstehen sich Vertreter dieser beiden Tierkreiszeichen in der Regel ausgezeichnet: Der Zwillinge-Geborene denkt rasch und klar, der Skorpion tief und gründlich; der Skorpion bringt die gedankliche Substanz ein, für die der Zwilling dann die präzise Formulierung liefert. Freilich besteht das Leben nicht nur aus anregendem Gedankenaustausch, wie in einer engen Verbindung bald offenbar wird; dann nämlich treten erhebliche Wesensunterschiede zutage, die hart aufeinanderprallen können. Der stark ichbezogene Skorpion möchte sich auf die eigene Sphäre konzentrieren, strebt nach friedlicher Häuslichkeit und sicherer Geborgenheit, während der extravertierte Zwilling ohne vielfältige Kontakte nach außen nicht leben kann, mit denen er die Eifersucht des Partners weckt, der sich vernachlässigt fühlt. Der Zwillinge-Geborene lehnt den Besitzanspruch des Skorpions ab, der ihn einengt, und wenn sich der leicht verletzliche Partner abkapselt, weiß er nichts mehr mit ihm anzufangen und wendet sich erst recht nach außen. Immerhin übt die leidenschaftliche Liebesfähigkeit des Skorpions auf ihn eine starke Anziehungskraft aus, so daß durch die enge erotische Bindung manche Konflikte überbrückt werden. Aber auch der meist rege Gedankenaustausch vermag Spannungen abzubauen; deshalb sollten beide auf eine Vielzahl von gemeinsamen Interessen und verbindenden Unternehmungen bedacht sein.

Skorpion mit Krebs

In der Verträglichkeitsskala steht der Krebs beim Skorpion ganz oben, denn einerseits stimmen beide in vielen Wesenszügen überein, und andererseits ergänzen sie sich recht gut mit ihren gegensätzlich geprägten Anlagen. Häufig beruhen Partnerschaften zwischen Vertretern dieser beiden Tierkreiszeichen auf einer starken erotischen Bindung, die durch die Gefühlswärme des Krebses und die Leidenschaftlichkeit des Skorpions lebendig erhalten wird. Beide sind introvertiert, brauchen nur wenige Anstöße von außen und können sich deshalb gut auf die Zweisamkeit konzentrieren. Im praktischen Alltag, aber auch menschlich ergänzen sie sich gut: Der zielstrebige, auf Klarheit und Ordnung bedachte Skorpion gibt dem labileren, stark von Stimmungen abhängigen Krebs Sicherheit und festigt sein Innenleben; dem nach Zuwendung verlangenden Skorpion tut es gut, vom häuslichen Krebs umsorgt und verwöhnt zu werden. Beide schätzen eine kultivierte Häuslichkeit, die sie gern gleichgesinnten Gästen vorführen;

ansonsten lehnen sie gesellschaftlichen »Rummel« ab. Gestört werden kann die Harmonie durch die bei beiden rasch entflammende Eifersucht, die ihrem Ausschließlichkeitsanspruch entspringt, doch begründeter Anlaß liegt bei beiden nur selten vor, da sie loyal und aufrichtig sind und die Partnerschaft nicht leichtfertig oder mutwillig gefährden. Deshalb gehören Skorpion-Krebs-Verbindungen zu den dauerhaftesten, die es gibt.

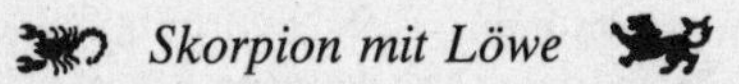

Skorpion mit Löwe

Wenn der tiefgründige, häufig von inneren Spannungen erfüllte Skorpion eine enge Bindung eingeht, will er den Partner ganz in Besitz nehmen, wünscht, daß dieser sich völlig auf ihn konzentriert. Eine solche totale Hingabe ist dem extravertierten, selbstbewußten und ichbezogenen Löwen fremd. Er ist offen und direkt; ihn stört die Neigung des Skorpions, sich abzukapseln, sein Innerstes zu verbergen. Der Skorpion wiederum sieht in der kontaktfreudigen Herzlichkeit des Löwen oft flatterhafte Oberflächlichkeit. Spannungen lassen sich nur schwer abbauen, da keiner der selbstbewußten Partner zum Nachgeben bereit ist. Und da beide dazu neigen, Hindernissen nicht auszuweichen, sondern geradewegs gegen sie anzurennen, also wenig diplomatisch und kompromißfähig sind, kann es immer wieder zu Konflikten und zu (seitens des Löwen) lautstarken Auseinandersetzungen kommen, die die Partnerschaft auf eine Zerreißprobe stellen. Trennungen sind keineswegs selten, doch gibt es auch zahlreiche dauerhafte Bindungen, die gerade durch die Gegensätzlichkeiten und häufig auch durch eine auf der beiderseitigen Leidenschaftlichkeit beruhende starke erotische Übereinstimmung lebendig erhalten werden. Freilich kann die Partnerschaft für beide manchmal recht anstrengend sein. Nur durch ein Eingehen auf die Eigenheiten des anderen und den Aufbau möglichst vieler gemeinsamer Interessen und Ziele läßt sie sich konfliktarm gestalten.

Skorpion mit Jungfrau 

Auf geistiger Ebene verstehen sich Vertreter dieser beiden Tierkreiszeichen auf Anhieb hervorragend: Das scharfe, sachbezogene Denken der Jungfrau ergänzt ausgezeichnet den gründlichen, forschenden Intellekt des Skorpions. Auch im Körperlichen besteht eine starke Anziehungskraft, weil den Skorpion die verhaltene Sinnlichkeit der Jungfrau reizt, während diese von der erotischen Ausstrahlungskraft des Skorpions gefangengenommen wird. Skorpion-Jungfrau-Partnerschaften sind häufig und meist dauerhaft, was die hohe Bewertung (5 Punkte) in der Verträglichkeitsskala zeigt. Das sagt freilich nichts darüber aus, ob sie in der Mehrzahl konfliktarm und harmonisch sind, denn wenn auch geistige Übereinstimmung und sexuelle Faszination für eine Zweierbindung wichtig sind, garantieren sie doch kein immerwährendes Glück, weil im Alltagsleben Wesensgegensätze zu mancherlei Reibungen führen können. Die oft grundlose Eifersucht des besitzergreifenden Skorpions kann ebenso eine Bewährungsprobe sein wie die Kritiksucht, Pedanterie und Nörgelei der Jungfrau. Da beide ziemlich verhalten sind und einer offenen Konfrontation aus dem Weg gehen, können sich im Laufe der Zeit Berge von Mißverständnissen und Mißhelligkeiten anhäufen, die die Atmosphäre vergiften. In solchen und manch anderen Situationen kann die Vermittlung eines einfühlsamen Dritten von Nutzen sein, um Konflikte und Spannungen zu lösen.

Skorpion mit Waage

Der selbstsichere, konzentrierte Skorpion und die charmante, verständnisvolle Waage fühlen sich zueinander hingezogen, und da beide diskussionsfreudig und vielseitig interessiert sind, finden sie rasch Kontakt zueinander. Eine Partnerschaft kann für beide von Nutzen sein: Die liebevolle Wärme und Extravertiertheit der Waage verhelfen dem Skorpion zu innerer Auflokkerung und größerer Aufgeschlossenheit gegenüber der Umwelt, während die Gefühlsintensität und Zuverlässigkeit des Skorpions die Waage innerlich stabilisieren und ihr mehr Sicherheit geben. In einer engen Zweierbeziehung können allerdings ausgeprägte Wesensgegensätze zu Reibungen führen: Der absolutistische, nicht selten starrsinnige Skorpion hält das abwägende Gerechtigkeitsstreben der Waage für zögerliche Feigheit und ihr Kontaktbedürfnis für Flatterhaftigkeit, während die Waage unter der besitzergreifenden Eifersucht des Partners leidet, die aus jedem noch so harmlosen Flirt einen verwerflichen Treuebruch macht. Auseinandersetzungen können durch die Kompromißlosigkeit und den Zynismus des Skorpions verschärft werden, so daß auch eine häufig starke erotische Bindung den Belastungen nicht gewachsen ist und die Partnerschaft zerbricht. Meist ist es bei Spannungen der Waage-Partner, der um einen Ausgleich bemüht ist; Voraussetzung dafür ist, daß der Skorpion seiner Tendenz zur Abkapselung und überstarken Ichbezogenheit widersteht.

Skorpion mit Skorpion

Im Gegensatz zu den Vertretern anderer Tierkreiszeichen kommen Skorpione mit ihresgleichen häufig nur schwer aus, weshalb diese Verbindungen in der Verträglichkeitsskala mit nur einem Punkt bewertet werden. Im günstigsten Fall kann eine solche Partnerschaft der Himmel, im ungünstigsten Fall die Hölle auf Erden sein. Welche Möglichkeit wahrscheinlich ist, hängt weitgehend vom Reifegrad der Partner ab. Wenn zwei noch unreife Skorpione zusammenfinden, die beide streitsüchtig und intolerant auf ihren Standpunkten beharren, ungeduldig und erbarmungslos jeden Fehler des anderen mit beißender Ironie kritisieren und den Partner mit harter Hand nach den eigenen Vorstellungen ummodeln wollen, kann eine Verbindung zu einer ohne Pardon geführten Schlacht werden, die beide zermürbt – ein dauerhaftes, einigermaßen harmonisches Miteinander ist in einem solchen Fall unmöglich. Hingegen werden reife Partner, besonders wenn viele verbindenden gemeinsamen Interessen gegeben sind, ein Zusammengehörigkeitsgefühl entwickeln, das unter anderen Tierkreiszeichen selten ist. Es beruht nicht nur auf einer meist außergewöhnlich starken erotischen Bindung, sondern auch auf tiefer Liebe, echter Einfühlung in den anderen, auf unverbrüchlicher Loyalität und in der Regel auf einer erstaunlichen geistigen Übereinstimmung. Zwischen diesen Extremen gibt es allerdings eine Vielzahl von Übergangsstufen, die von den individuellen Gegebenheiten beider Partner abhängen.

 *Skorpion mit Schütze* 

Nicht allzu häufig gelingt es dem introvertierten, besitzergreifenden, eher konservativen Skorpion, den extravertierten, freiheitsliebenden, allem Neuen aufgeschlossenen Schützen auf Dauer zu halten. Zwar fühlt sich bei der ersten Bekanntschaft der kontaktfreudige, sinnenfrohe Schütze von dem meist als Gesprächspartner sehr interessanten Skorpion mit seiner starken erotischen Ausstrahlung angezogen, aber in einer Zweierbeziehung geht ihm der einengende Ausschließlichkeitsanspruch des Skorpions bald auf die Nerven, während dieser sich wegen der vielen nach außen gerichteten Interessen des Partners vernachlässigt fühlt. Da beide nicht auf den Mund gefallen sind, es dem Skorpion an Diplomatie und Nachgiebigkeit fehlt und der Schütze oft von verletzender Offenheit ist, kann es zu ebenso lautstarken wie unschönen Auseinandersetzungen kommen, die auf beiden Seiten Narben zurücklassen. Eine Versöhnung ist schwierig, denn der Schütze steckt ungern zurück, und ein beleidigter oder gar gedemütigter Skorpion ist ungemein nachtragend, ja rachsüchtig. Deshalb sollten beide

Partner sehr darauf bedacht sein, solche gefährlichen Spannungen gar nicht erst aufkommen zu lassen; das ist am ehesten möglich, wenn eine Vielzahl von gemeinsamen Interessen und Zielen vorhanden sind, der Schütze-Partner seinen Freiheitsdrang zähmt und der Skorpion statt durch mißtrauische Eifersucht und übertriebenen Besitzanspruch die Bindung durch liebevolle Fürsorge sichert.

 *Skorpion mit Steinbock* 

Eine auf gemeinsame Ziele gerichtete Interessengemeinschaft oder lose Partnerschaft ist zwischen Vertretern dieser beiden Tierkreiszeichen häufig erfolgreicher und dauerhafter als eine enge Zweierbeziehung. Beide haben manches gemeinsam, den zielstrebigen Ehrgeiz, das zähe Durchhaltevermögen, die Unnachgiebigkeit angesichts von Schwierigkeiten, die Tendenz zur Absicherung. Wenn sie ihre Kräfte auf gemeinsame Unternehmungen richten, haben sie in der Regel Erfolg. Auf der anderen Seite sind sie jedoch beide recht komplizierte Charaktere, schließen sich nach außen hin seelisch ab, lassen sich nur ungern in die Tiefe ihres Herzens schauen. Dadurch kann eine enge Bindung sehr erschwert werden. Dazu kommt, daß beide meist eine ganz andere Einstellung zur Sexualität haben, ihr im Leben einen unterschiedlichen Stellenwert einräumen; nicht selten wird sich der Skorpion-Partner auf diesem Gebiet vernachlässigt fühlen. Er muß sich allerdings seinerseits davor hüten, den Steinbock allzusehr bevormunden, ummodeln und in ein starres Korsett zwängen zu wollen. Differenzen kann es im alltäglichen Miteinander immer wieder geben, doch sehr viele Reibungsflächen lassen sich abschleifen, wenn gemeinsame Interessen, Aufgaben und Ziele die Kräfte fordern und die Aufmerksamkeit stärker nach außen wenden, als es dem Wesen der beiden introvertierten, auf sich und die Zweisamkeit konzentrierten Partner entspricht.

 *Skorpion mit Wassermann* 

Der Wassermann steht in der Verträglichkeitsskala beim Skorpion mit nur einem Punkt ganz unten, was auf zahlreiche grundsätzliche Wesensunterschiede hinweist: Der auf sich und seine unmittelbare Umgebung konzentrierte Skorpion mit seiner verinnerlichten Leidenschaftlichkeit hat für den weltoffenen, unbeschwert genießenden Wassermann oft nur wenig Verständnis – und umgekehrt. Der auf Absicherung bedachte Skorpion will Besitz ergreifen, einen Partner ganz an sich binden; der Wassermann hingegen ist nahezu fanatisch auf seine Freiheit bedacht, erträgt jede Fessel nur schwer. Dem praktischen Wirklichkeitssinn des Skorpions widersprechen die manchmal utopischen Höhenflüge des Wassermanns, dem es schwerfällt, seine vielseitigen Interessen auf einen einzigen Menschen zu konzentrieren, wie der Skorpion es wünscht. Zwar hat eine Partnerschaft für beide Vorteile: Sie erweitert den Horizont des Skorpions auf vielen Gebieten, bringt ihm eine innere Auflockerung, während der Wassermann durch den Partner mehr Realitätsbezogenheit, Ordnung und Stabilität erlangt. Dennoch müssen beide Seiten zu zahlreichen Kompromissen und Abstrichen bereit sein, wenn die Verbindung einigermaßen konfliktfrei und von Dauer sein soll. Dazu gehört beim Skorpion eine Begrenzung seines Ausschließlichkeitsanspruchs, während der Wassermann sich stärker auf die Zweisamkeit konzentrieren muß, anstatt Luftschlösser zu bauen und die ganze Welt verbessern zu wollen.

 *Skorpion mit Fische* 

Die hohe Bewertung einer solchen Verbindung in der Verträglichkeitsskala (6 Punkte) zeigt, daß Vertreter dieser beiden Tierkreiszeichen viel gemeinsam haben. Beide sind weit mehr gefühls- als verstandesbetont, streben nach Verinnerlichung und enger Gemeinschaft. Der arbeitsame, zielbewußte Skorpion kann dem Partner die Stabilität und Sicherheit geben, die dieser braucht; den Skorpion lockert und wärmt die Gefühlstiefe des Fische-Geborenen. Beide fühlen sich seelenverwandt und finden deshalb oft spontan zueinander, obwohl beide nicht sonderlich kontaktfreudig sind. Meist ist die Verbindung von Dauer, aber trotz aller Übereinstimmungen geht es nicht ohne immer wieder auftauchende Spannungen und Reibereien ab, denn es gibt auch eine Reihe von Wesensunterschieden, die als störend empfunden werden. Dem tatkräftigen, realistischen Skorpion paßt die passive Verträumtheit des Fische-Partners wenig, der seinerseits durch die intensive Sexualität des Skorpions überfordert sein kann. Beide sind zudem mehr oder weniger starken Stimmungsschwankungen unterworfen, und wenn die Seelenkurven allzu unterschiedlich schwingen, drohen Konflikte. Der Fische-Geborene ist zwar anpassungswillig, erträgt es aber nicht, vom Partner ständig gegängelt und »organisiert« zu werden. Er ist zwar loyal, doch wenn er sich geknebelt und ausgenützt fühlt, besteht die Gefahr, daß er enttäuscht davonschwimmt. Da aber ernsthafte Differenzen verhältnismäßig selten sind, gehören Skorpion-Fische-Partnerschaften zu den haltbarsten aller Verbindungen.

Die Astrologen. Titelbild von 1596

Der Einfluß des Aszendenten

Der Aszendent, d. h. das Tierkreiszeichen, das im Augenblick der Geburt am östlichen Horizont steht, ist wegen seiner starken Prägekraft ungemein wichtig; zusammen mit dem Sonnenzeichen liefert er die bedeutsamsten Aussagen, die sich aus einem Geburtshoroskop ableiten lassen. Ohne Berücksichtigung des Aszendenten sind individuelle Deutungen nur unvollkommen.

Um Ihren persönlichen Aszendenten ermitteln zu können, müssen Sie natürlich wissen, zu welcher Zeit Sie geboren sind, weil im Laufe eines Tages alle zwölf Tierkreiszeichen am Osthorizont aufgehen. Auf den Seiten 88 und 89 können Sie nachlesen, wie Sie Ihre Geburtszeit in Ortszeit umrechnen. Dann brauchen Sie nur noch auf der Grafik auf Seite 92 bei der ermittelten Zeit Ihren Aszendenten abzulesen.

Der Aszendent ist die Grundlage von Aussagen, die individueller sind als die nur aus dem Sonnenstand abgeleiteten, denn während das Sonnenzeichen Skorpion allen Menschen gemeinsam ist, die zwischen Ende Oktober und Ende November geboren sind, wird der Aszendent durch den Zeitpunkt und den Ort der Geburt jedes einzelnen bestimmt. Seine volle Bedeutung gewinnt er freilich erst bei gradgenauer Festlegung als Richtpunkt jenes Häusersystems, das als »Feinraster« für alle Gestirnstände und Konstellationen im Geburtshoroskop ganz persönliche Deutungsmöglichkeiten bietet. Die hierfür erforderlichen Berechnungen und die daraus abzuleitenden Aussagen müssen wir allerdings den Fachastrologen überlassen.

Der Aszendent beeinflußt die Prägung durch das Sonnenzeichen mehr oder weniger stark, kann bestimmte Tendenzen verstärken oder abschwächen. Inwieweit dies bei Ihnen der Fall ist, können Sie in diesem Kapitel nachlesen.

Aszendent Widder

Der Einfluß dieses Aszendenten steigert Ihre geistige Beweglichkeit und die Vielfalt Ihrer Interessen. Obwohl Ihre Ichbezogenheit eher noch verfestigt wird, sind Sie doch stärker nach außen gewandt als der »reine« Skorpion-Typ, sind offener für Impulse aus der Umwelt und auch Ihrerseits mehr dazu bereit, auf die Mitmenschen zuzugehen. Zwar verschließen Sie die Tiefen Ihrer empfindsamen und gleichzeitig leidenschaftlichen Gefühlswelt sorgfältig vor fremder Neugier, aber auf intellektueller Ebene sind Sie durchaus kontaktwillig. An einer kumpelhaften Geselligkeit liegt Ihnen freilich wenig, aufdringliche Nähe geht Ihnen gegen den Strich. Sie bleiben immer ein wenig auf Distanz, warten ab, was auf Sie zukommt, beobachten scharf und kritisch, analysieren Situationen und Menschen genau und lassen sich mit Ihren Reaktionen Zeit. Sie sind auf Beachtung und Anerkennung bedacht und zögern nicht, eine führende Rolle zu übernehmen, denn Sie wissen, daß Sie mit

Ihrem großen Kräftepotential und Ihrem Durchsetzungsvermögen auch schwierigen Aufgaben gerecht werden können. Obwohl Sie grundsätzlich mit Bedacht und Methodik vorgehen, sind Sie nicht sonderlich diplomatisch und halten mit Ihrer manchmal überzogenen Kritik nicht zurück, wodurch Sie sich vermutlich immer wieder Ärger einhandeln. Ihre Zielsetzungen sind wirklichkeitsbezogen und werden von Ihnen energisch verfolgt, wobei Sie manchmal zu wenig Rücksicht auf die Interessen anderer nehmen. Alles in allem sind Sie jedoch keineswegs ein krasser Egoist, auch wenn Ihre Kompromißbereitschaft begrenzt ist. Wenn Sie gebraucht werden, sind Sie stets hilfsbereit. Mit Ihrem scharfen Verstand und Ihrer großen Energie können Sie vor allem in praktischen Belangen auch sehr knifflige Probleme lösen. Zum gefährlichen Gegner werden Sie, wenn Sie erkennen oder glauben, daß Ihnen Unrecht geschehen ist, denn dann schlagen Sie erbarmungslos und manchmal unfair zurück.

Aszendent Stier

Vorsichtig abwartende Zurückhaltung ist die Grundeinstellung, mit der Sie der Umwelt begegnen. Sie sind weder sehr spontan noch sonderlich mitteilsam, legen eine höfliche Verbindlichkeit, aber nur selten warme Herzlichkeit an den Tag, sind mit Gefühlsäußerungen ungemein sparsam. Von sich aus bahnen Sie nur selten Kontakte an, sondern warten, bis andere auf Sie zukommen, und auch dann wahren Sie in der Regel noch lange eine gewisse Distanz. An oberflächlicher Geselligkeit liegt Ihnen wenig, weil solche Kontakte Ihnen nichts bringen und von Ihnen als Zeitverschwendung angesehen werden. Als Freund und Partner jedoch sind sie meist verläßlich, fürsorglich, hilfs- und opferbereit und sehr auf die Stabilität der Bindung bedacht. Aus diesem Grund zeigen Sie sich in engen Beziehungen ungemein besitzergreifend und eifersüchtig, was den Freiraum des Partners stark einengen kann. Das ist nicht bös gemeint und wird Ihnen gar nicht bewußt, da Sie

Ihrerseits für sich nur wenige Freiheiten beanspruchen und die Absicherung von Beziehungen für Sie wegen Ihrer Kontaktverhaltenheit ungemein wichtig ist. Der Einfluß Ihres Aszendenten steigert Ihr Energiepotential und Ihre zähe Ausdauer, aber auch Ihre Konzentrationskraft und Ichbezogenheit. Etwas abgeschwächt sind Ihre Selbstsicherheit und Ihr Durchsetzungsvermögen, denn Ihre ausgeprägte Gefühlsabhängigkeit birgt die Gefahr von verunsichernden und leistungshemmenden Stimmungsschwankungen und Launen. Dennoch sichern Ihre positiven Anlagen materiellen Erfolg, und da Sie Erworbenes gut zusammenhalten, können Sie im Lauf der Zeit höchstwahrscheinlich eine beachtliche berufliche und soziale Position erlangen.

Aszendent Zwillinge

Der Einfluß dieses Aszendenten mindert Ihre Verhaltenheit, macht Sie kontaktbereiter und mitteilungsfreudiger. Sie geben sich umgänglicher, legen eine verbindliche Freundlichkeit an den Tag und sind offener für Impulse aus der Umwelt. Sie warten nicht unbedingt vorsichtig ab, bis man auf Sie zugeht, sondern ergreifen manchmal auch von sich aus Initiativen. Dennoch lassen Sie sich kaum je von unüberlegten Impulsen zu voreiligem Handeln hinreißen, sondern planen gründlich und vorausschauend. Unkalkulierbare Risiken gehen Sie nicht ein. Ihr beachtliches Kräftepotential setzen Sie mit Nachdruck und sehr zielgerichtet ein, um den von Ihnen erstrebten beruflichen und sozialen Status zu erlangen, doch sind insgesamt Ihre Interessen breiter gestreut als beim »reinen« Skorpion-Typ, so daß ehrgeiziges Streben nach Aufstieg und einer gut abgesicherten Position nur selten Ihr ganzes Planen und Handeln bestimmt. Trotz Ihrer größeren Offenheit halten Sie sich mit Gefühlsäußerungen zurück, wirken nicht selten ziemlich kühl, nüchtern und abweisend. Das hängt nicht zuletzt mit Ihrer großen inneren Verletzlichkeit zusammen, denn Sie sind keineswegs so dickfellig, wie Sie gelegentlich erscheinen, sondern reagieren ungemein empfindlich auf Vertrauensbruch, Enttäuschungen und tatsächliche oder vermeintliche Ungerechtigkeiten. Zum Teil »schlucken« Sie diese Negativ-Erfahrungen, was Ihre Gesundheit beeinträchtigen kann, doch häufiger schlagen Sie zurück. Das muß nicht sofort geschehen, denn Sie vergessen nichts, sondern können den »Übeltäter« zu einem Zeitpunkt überraschen, an dem für diesen schon längst Gras über die Sache gewachsen ist.

Aszendent Krebs

Sie sind stark introvertiert, auf sich und Ihre unmittelbare Umwelt bezogen. Gefühle spielen in Ihrem Leben eine große Rolle, doch verfügen Sie auch über einen wachen Intellekt, der freilich viel mehr in die Tiefe als in die Breite geht. Sehr stark ist Ihr Konzentrationsvermögen. Sie können sich in Aufgaben regelrecht verbohren, sind bestrebt, allem auf den Grund zu gehen, zu erforschen, was hinter der Oberfläche des äußeren Scheins liegt. Dabei verlassen Sie sich nicht nur auf Ihren analytischen Verstand, sondern setzen auch Ihr feinfühliges intuitives Gespür ein, das Ihnen oft tiefere Einblicke gewährt, als scharfes Denken es vermag. Ihr Selbstwertgefühl ist weniger stabil als beim »reinen« Skorpion-Typ; durch Fehlschläge und Enttäuschungen lassen Sie sich verunsichern, so daß Selbstzweifel Ihre Aktionsbereitschaft lähmen. Auch auf Ihre Gefühlslage wirkt sich das aus: Sie verschließen sich noch mehr nach außen, als Sie es ohnehin schon tun, versinken in finsteres Brüten, werden mißmutig und launisch. Im entgegengesetzten Sinn sind Sie ebenfalls stärker beeinflußbar, als man zunächst annehmen möchte: Lob und Anerkennung der Mitwelt spornen Sie ungemein an, geben Ihnen Auftrieb, heitern Sie auf. Sie sind zwar in Ihrem Leistungsvermögen nicht konstant, da stark stimmungsabhängig, aber da Sie vorsichtig und vorausschauend planen und gesteckte Ziele mit sehr viel Energie ansteuern, gelingt es Ihnen mit großer Wahrscheinlichkeit, die stabile materielle Lebensbasis zu schaffen, die für Ihr stark vom

Sicherheitsdenken bestimmtes Lebensgefühl wichtig ist. Mehr als an einem umfangreichen Bekanntenkreis liegt Ihnen an wenigen, aber stabilen Bindungen, die Sie mit viel Hingabe zu vertiefen und mit eifersüchtiger Wachsamkeit abzusichern suchen.

Aszendent Löwe

Ein starkes Selbstbewußtsein und ein großes Kräftepotential zeichnen Sie aus. Ihr Auftreten ist energisch und selbstsicher, manchmal auch schroff und herrisch. Im zwischenmenschlichen Umgang sind Sie zwar meist freundlich und hilfsbereit, wahren aber eine gewisse Distanz und zeigen nur selten Gefühle. Sie legen Wert darauf, Beachtung und Anerkennung zu finden, eine herausgehobene berufliche und soziale Position zu erringen. Um dieses Ziel zu erreichen, sind Sie zu harter Arbeit und qualitätvoller Leistung bereit. Sie stellen hohe Anforderungen an sich selbst, aber auch an Ihre Mitmenschen, und werden rasch ungeduldig und ungerecht, wenn man Ihren Ansprüchen nicht genügt. Arbeit ist Ihnen jedoch nicht alles im Leben; Sie schätzen die Annehmlichkeiten des Daseins und den kultivierten Genuß, den Ihr Erfolg Ihnen ermöglicht, wobei die körperliche Liebe eine nicht unwesentliche Rolle spielt. Sie sind trieb- und willensstark, so daß bei entsprechenden Gegebenheiten Ihres persönlichen Horoskops Gewalttendenzen nicht auszuschließen sind. Vor Übersteigerungen Ihres Machtwillens kann Sie freilich Ihr gesunder Menschenverstand bewahren, der Sie erkennen läßt, wie weit ein Ausspielen Ihrer Potentiale Ihnen zum Vorteil gereicht. Auseinandersetzungen weichen Sie im Bewußtsein Ihrer Kräfte nicht aus, doch sollten Sie bedenken, daß zuviel Streitlust Ihnen sehr schaden kann. In einer engen Bindung sind Sie verläßlich und treu, aber meist übermäßig besitzergreifend und eifersüchtig. Nicht selten sperren Sie Ihren Partner in einen goldenen Käfig ein, belohnen ihn jedoch für treues Ausharren und bedingungslose Zuwendung mit viel Fürsorge und leidenschaftlicher Liebe.

Aszendent Jungfrau

Sie planen sorgfältig und handeln methodisch, so daß Sie Ihr großes Energiepotential sehr effizient umsetzen können. Ihre systematische Vorsicht bewahrt Sie vor Irrwegen und Fehlschlägen. Stets auf Absicherung bedacht, bauen Sie auf soliden Fundamenten auf und bleiben mit Ihren Zielsetzungen im Rahmen des praktisch Machbaren, so daß ein Erfolg Ihrer Bemühungen gleichsam vorprogrammiert ist. Vielleicht brauchen Sie länger als andere, um an Ihre Ziele zu gelangen, aber dafür ist es um so wahrscheinlicher, daß Sie erreichen, was Sie anstreben. Diese langsamere Gangart ist sinnvoll für Sie, da Sie Fehlschläge nur schwer verkraften und sich durch Selbstzweifel in Ihrer Leistungsbereitschaft beeinträchtigen lassen. Andererseits sind Sie recht hartnäckig und werfen, wenn Sie auf Hindernisse stoßen, die Flinte nicht vorschnell ins Korn; wenn sich die Hemmnisse weder durch methodisches Taktieren noch durch geballten Krafteinsatz wegräumen lassen, nehmen Sie notfalls einen neuen Anlauf. Nach außen wirken Sie sehr verhalten und kühl. Sie zeigen kaum Gefühle und sind nicht sonderlich gesellig. Sie beobachten scharf und sind mit kritischen Äußerungen schnell bei der Hand, wodurch Sie sich natürlich nicht nur Freunde machen. Sie legen wenig Wert auf einen großen Bekannten- und Freundeskreis und konzentrieren sich lieber auf einige wenige Bindungen, in denen Sie sich als verläßlicher, fürsorglicher und treuer Partner erweisen. Sie sorgen für Absicherung und Stabilität und geben nicht vorschnell auf, wenn Probleme auftauchen. In solchen Bindungen sind Sie auch meist fähig, sich einem anderen zu öffnen und ihn spüren zu lassen, welche leidenschaftlichen Gefühle hinter Ihrer so verhaltenen Fassade verborgen sind.

Aszendent Waage

Der Einfluß dieses Aszendenten bewirkt eine stärkere Hinwendung zu Außenwelt und ein gesteigertes Kontaktbedürfnis. Sie gehen offener auf Ihre Mitmenschen zu, sind mitteilsamer und umgänglicher, auch wenn man Sie nur selten als ausgesprochen gesellig bezeichnen kann. Großen Wert legen Sie darauf, von anderen beachtet und anerkannt zu werden. Deshalb ist Ihre Leistungsbereitschaft am größten, wenn Sie wissen, daß Ihr Tun in der Umwelt eine Resonanz findet. Sie sind zwar gefühlsorientiert, lassen sich aber in Ihrem Planen und Handeln weitgehend von Ihrem wachen, kritischen Verstand leiten, der für wirklichkeitsbezogene Zielsetzungen sorgt. Sie sind weder sehr spontan noch sonderlich entschlußschnell, da gründliches Vorprüfen und sorgfältiges Abwägen allem Ihrem Tun vorgeschaltet ist. Sie sind willensstark, doch selten stur, beziehen feste Standpunkte, gehen aber auf überzeugende Gegenargumente ein, besonders wenn Sie merken, daß Ihnen ein Positionswechsel auf lange Sicht Vorteile bringt, denn Ihre Interessen wissen Sie recht gut zu wahren, ohne deshalb ein wetterwendischer Egoist zu sein. Konflikten weichen Sie nach Möglichkeit aus, nicht aus Feigheit, sondern weil Sie Streitereien als meist nutzlose Kraftvergeudung betrachten, und mit Ihren Kräften gehen Sie haushälterisch um. Auf tatsächliche oder vermeintliche Zurücksetzungen und Ungerechtigkeiten reagieren Sie empfindlich; nicht selten erwacht in Ihnen Rachsucht, und Sie schlagen hart zurück. Manchmal sind Sie zu sehr abhängig von äußerer Zustimmung, vom Beifall der Mitmenschen. Denken Sie daran, daß übelwollende Schmeichler diese Abhängigkeit zu Ihrem Schaden ausnützen könnten.

Aszendent Skorpion

Wenn Sonne und Aszendent zum Zeitpunkt der Geburt sich im gleichen Tierkreiszeichen befinden, wird dessen Prägekraft im Positiven wie im Negativen verstärkt. Sie sind sehr willensstark und eigenwillig, verfügen über ein recht großes Energiepotential und zähe Ausdauer und steuern Ihre Ziele sehr geradlinig an. Intensität kennzeichnet Ihr Wollen und Fühlen, und das nicht nur, wie fälschlich manchmal behauptet wird, in sexueller

Hinsicht. Sie können ungemein konzentriert arbeiten; Halbheiten und Stümpereien lehnen Sie ab. Sie stellen hohe Anforderungen an sich, aber auch an Ihre Mitmenschen, was nicht nur Angehörige, sondern auch Mitarbeiter oder Untergebene am Arbeitsplatz zu spüren bekommen. Sehr viel liegt Ihnen am beruflichen und sozialen Aufstieg, der häufig mit einigen Schwierigkeiten verbunden ist und dadurch verlangsamt werden kann. Sie arbeiten dafür zäh und manchmal so verbissen, daß Ihnen überhaupt kein oder nur ein sehr unbefriedigendes Privatleben bleibt. Denken Sie daran, daß Sie sich und den Ihnen nahestehenden Menschen wenig Gutes tun, wenn Sie den beruflichen Erfolg zum Götzen Ihres Daseins machen und ihm all das Schöne und innerlich Bereichernde opfern, das das Leben für uns bereithält. Im zwischenmenschlichen Umgang sind Sie sehr zurückhaltend, nicht nur mit Gefühlen, sondern oft auch mit Worten. Unter Ihren kühl prüfenden Augen hat mancher den Eindruck, von Ihnen seziert zu werden. Die kritische Distanziertheit, die Sie oft deutlich zeigen, ist wenig kontaktfördernd. Wenn Sie offener gegenüber Ihren Mitmenschen wären, sie innerlich näher an sich herankommen ließen, könnten Sie viel zu einer für Sie und Ihre Umwelt positiven Auflockerung Ihres meist strengen Seelengefüges beitragen.

Aszendent Schütze

Sie begegnen zwar den Mitmenschen mit einer höflichen Verhaltenheit, sind aber durchaus an vielfältigen Kontakten interessiert, weil Sie von außen kommende Impulse und Anregungen zu schätzen und bei der Verfolgung eigener Ziele zu verwerten wissen. Zum Gedankenaustausch sind Sie gern bereit, doch Ihre Gefühlswelt schirmen Sie sorgfältig ab, so daß die Zahl Ihrer Bekannten sehr viel größer ist als die Ihrer engen Freunde. Wer aus Ihrer Zurückhaltung auf Schüchternheit oder Gefühlskälte schließt, irrt gewaltig, denn Sie sind recht selbstbewußt, und wenn Sie sich in einer engen Bindung einem anderen öffnen, wird offenbar, daß Sie nicht nur gefühlstief, sondern sogar sehr leidenschaftlich sein können. Daß Sie diesen Teil Ihres Seins nach außen hin so sorgfältig abschotten, beruht auf einer starken seelischen Verwundbarkeit, die viele angesichts Ihrer zur Schau getragenen Kühle und Selbstsicherheit niemals vermuten. Tief wie Ihre Gefühls- ist auch Ihre Gedankenwelt, doch ist die Vielfalt Ihrer Interessen sehr viel größer als beim »reinen« Skorpion-Typ. In der Regel verfügen Sie über ein ebenso umfangreiches wie fundiertes Wissen. Ihr Selbstwertgefühl ist ziemlich stabil; Sie trauen sich viel zu und lassen sich durch Mißerfolge nicht übermäßig beeindrucken. Bei der Verfolgung von langfristigen Plänen bauen Sie nicht selten wohlbedachte, aber für Außenstehende überraschende Winkelzüge ein, was als unberechenbare Sprunghaftigkeit angesehen wird, aber in Wirklichkeit eine Frucht Ihrer klugen Einsicht ist, daß der gerade Weg weder immer am sichersten noch am schnellsten zum Ziel führen muß.

Aszendent Steinbock

Sie sind sehr willensstark, konzentriert und ausdauernd; Ihr großes Energiepotential setzen Sie sehr zielstrebig ein. Aufgaben, die Sie annehmen, führen Sie gewissenhaft bis in die kleinsten Einzelheiten hinein durch. Gegen Schwierigkeiten gehen Sie wohlüberlegt, doch notfalls auch mit großer Kräfteballung an; höchst selten kommt es vor, daß Sie sich durch Hemmnisse entmutigen lassen und aufgeben. Mit der gleichen zähen Beharrlichkeit betreiben Sie Ihren beruflichen und sozialen Aufstieg, an dem Ihnen sehr viel liegt. Sie wünschen, daß Ihre Leistungsfähigkeit Anerkennung findet und sichtbare Früchte trägt. Nicht selten tritt durch dieses Erfolgsstreben Ihr Privatleben stark in den Hintergrund, vernachlässigen Sie nicht nur die angenehmen Dinge, die das Leben zu bieten hat, sondern auch die zwischenmenschlichen Beziehungen. Da Sie sehr auf sich und Ihr unmittelbares Umfeld bezogen sind, ist Ihre Kontaktbereitschaft eingeschränkt. Zur Erbringung von Leistungen sind Sie wenig auf Hilfe von außen angewiesen.

Wenn das Zweckmäßigkeits- und Nützlichkeitsdenken Ihr Planen und Handeln allzusehr beherrscht, beschränken Sie sich fast völlig auf Kontakte, die Ihrem Aufstieg dienlich sind. Wenn Sie jedoch imstande sind, sich stärker zu öffnen, erweisen Sie sich als höflich, freundlich und hilfsbereit, auch wenn Sie nur wenig Gefühle zeigen. Das tun Sie fast nur in einer engen Bindung, in der Sie ein verläßlicher und treuer Partner sind, der sehr fürsorglich, aber auch ungemein besitzergreifend und eifersüchtig ist. Sie sollten darauf achten, daß der Beruf und das Streben nach materiellem Erfolg in Ihrem Leben keine übermächtige Bedeutung erlangen und Ihnen auch noch Zeit zum Menschsein bleibt.

Aszendent Wassermann

Der Einfluß dieses Aszendenten mindert Ihre Ichbezogenheit und lenkt Ihr Interesse stärker auf die Mitmenschen und die Umwelt. Sie sind aufnahmefähig für Impulse und Anregungen von außen und gehen Ihrerseits offener auf andere zu, ohne Ihre vorsichtige Verhaltenheit völlig aufzugeben. Ein wacher Geist und intuitives Gespür befähigen Sie, Menschen und Gegebenheiten bis in die Tiefen hinein zu analysieren. Solche Bestandsaufnahmen sind für Sie vor jeder Kontaktnahme und Entscheidung wichtig, denn mit Ihrem ausgeprägten Sicherheitsbedürfnis wollen Sie keine Risiken eingehen, sondern stets auf genau erkundeten, stabilen Grund bauen. Ähnlich systematisch und absichernd gehen Sie auch bei der Planung und Verfolgung Ihres beruflichen und sozialen Aufstiegs vor. Ihre Pläne sind hochgesteckt, aber in der Regel wirklichkeitsbezogen; nur selten lassen Sie sich den Blick durch utopisches Wunschdenken trüben. Trotz starker Ichbezogenheit behalten Sie auch die Interessen von Mitmenschen im Auge und setzen sich häufig für die Gemeinschaft ein, in der Sie leben. Sie sind sehr willensstark, aber nicht starrsinnig. Wohlfundierte Gegenargumente erkennen Sie an. Ganz und gar nicht ertragen können Sie Gängelung und Bevormundung: herumkommandieren lassen Sie sich nicht. Ihr ausgeprägtes Selbstwertgefühl verlangt nach Unabhängigkeit. Auch in einer engen Bindung lassen Sie sich nicht vereinnahmen und beherrschen, obwohl andererseits Sie selbst dem Partner in Ihrem Bestreben, der Bindung Stabilität und Dauer zu verleihen, häufig die persönlichen Freiräume stark beschneiden.

Aszendent Fische

Sie sind sehr stark auf sich und Ihre unmittelbare Umwelt fixiert, also ein ausgesprochen introvertierter Mensch. Da Gefühle in Ihrem Leben eine große Rolle spielen, können Sie sehr stimmungabhängig sein, was sich häufig auf Ihre Leistungsbereitschaft und Ihr Leistungsvermögen auswirkt. An sich sind Sie recht arbeitsam und legen großen Wert auf Beachtung und Anerkennung durch die Mitwelt, aber nicht immer bringen Sie das, was Sie wirklich könnten, denn durch Mißerfolge lassen Sie sich stark beeindrucken und trauen sich dann oft zu wenig zu. Auf mangelnde Würdigung Ihrer Leistungen reagieren Sie gekränkt und mit vorschnellem Rückzug; mehr würden Sie mit einer »Jetzt-erst-recht«-Einstellung erreichen, indem Sie sich in solchen Situationen zu zeigen bemühen, was wirklich in Ihnen steckt. Und das ist gar nicht so wenig: Sie verfügen über ein verhältnismäßig hohes Energiepotential, können gewissenhaft und zäh arbeiten und nicht nur einen wachen Verstand, sondern auch ein sensibles intuitives Gespür einsetzen, das Ihnen häufig überraschende Problemlösungen ermöglicht. Allzu vorsichtige Verhaltenheit im zwischenmenschlichen Umgang kann als feige Unsicherheit mißdeutet werden; bemühen Sie sich um ein offeneres, selbstbewußteres Auftreten, geben Sie sich nicht übermäßig passiv. Nicht selten fällt es Ihnen schwer, Anschluß zu finden, aber wenn Sie erst einmal eine Bindung eingegangen sind, erweisen Sie sich als sehr gefühlsstark, fürsorglich, anhänglich und hilfsbereit. Achten Sie aber darauf, daß nicht allzu starke Stimmungsschwankungen die Partnerschaft belasten.

Mein chinesisches Horoskop

Die jahrtausendealte chinesische Astrologie arbeitet mit einem eigenständigen System, das eine direkte Bezugsetzung zur uns vertrauten Astrologie unmöglich macht. Nach chinesischer Auffassung bestimmen fünf Faktoren Wesenszüge, Fähigkeiten und Schicksal des Menschen: der Jahrestyp, die Jahreszeit, die Doppelwoche, der Tag und schließlich die Stunde der Geburt. Seit dem 6. vorchristlichen Jahrhundert wird jedes Jahr einem von zwölf Tiersymbolen zugeordnet, so daß es zwölf verschiedene Jahrestypen gibt. Vom Jahrestyp hängen Wesens- und Gemütsart eines Menschen ab. Ohne Entsprechung im Abendland ist das auf die Gefühlswelt bezogene System der Jahreszeiten, von denen es fünf je einem Element (Holz, Feuer, Erde, Metall und Wasser) zugeordnete Typen gibt. Auf Verhalten und Stellung innerhalb der Gemeinschaft bezieht sich das System der 24 Doppelwochen. Die Gefühlswelt wird außer durch die Jahreszeit auch durch den Geburtstag bestimmt, der nach dem 28 Tage umfassenden Mondkalender berechnet wird. Die in den chinesischen Stundenkreis der Tiere eingeordnete Geburtsstunde schließlich prägt das leib-seelische Erscheinungsbild des Menschen.

Obwohl der chinesische »Tierkreis« eine Zwölfteilung aufweist, die an die uns vertrauten zwölf Tierkreiszeichen erinnert, gibt es doch keine vollständige Übereinstimmung, sondern lediglich Entsprechungen. Anhand der Jahrestabelle können Sie Ihren Jahrestyp feststellen und die entsprechende Charakteristik in unserer Übersicht nachlesen. Über die kosmische Prägung durch Jahreszeit und Doppelwoche Ihrer Geburt informieren wir Sie im Anschluß.

Ihr Jahrestyp

Stellen Sie zunächst auf Seite 53 Ihren Jahrestyp fest, der in der darauffolgenden Übersicht kurz skizziert ist.

31. 1. 1900–18. 2. 1901	Ratte	17. 2. 1950– 5. 2. 1951	Tiger
19. 2. 1901– 8. 2. 1902	Ochse	6. 2. 1951–26. 1. 1952	Hase
9. 2. 1902–28. 1. 1903	Tiger	27. 1. 1952–13. 2. 1953	Drache
29. 1. 1903–15. 2. 1904	Hase	14. 2. 1953– 3. 2. 1954	Schlange
16. 2. 1904– 3. 2. 1905	Drache	4. 2. 1954–23. 1. 1955	Pferd
4. 2. 1905–24. 1. 1906	Schlange	24. 1. 1955–11. 2. 1956	Ziege
25. 1. 1906–12. 2. 1907	Pferd	12. 2. 1956–30. 1. 1957	Affe
13. 2. 1907– 1. 2. 1908	Ziege	31. 1. 1957–18. 2. 1958	Hahn
2. 2. 1908–21. 1. 1909	Affe	19. 2. 1958– 7. 2. 1959	Hund
22. 1. 1909– 9. 2. 1910	Hahn	8. 2. 1959–27. 1. 1960	Schwein
19. 2. 1910–29. 1. 1911	Hund	28. 1. 1960–14. 2. 1961	Ratte
20. 1. 1911–17. 2. 1912	Schwein	15. 2. 1961– 4. 2. 1962	Ochse
18. 2. 1912– 5. 2. 1913	Ratte	5. 2. 1962–25. 1. 1963	Tiger
6. 2. 1913–25. 1. 1914	Ochse	26. 1. 1963–13. 2. 1964	Hase
26. 1. 1914–13. 2. 1915	Tiger	14. 2. 1964– 1. 2. 1965	Drache
14. 2. 1915– 3. 2. 1916	Hase	2. 2. 1965–21. 1. 1966	Schlange
4. 2. 1916–22. 1. 1917	Drachc	22. 1. 1966– 8. 2. 1967	Pferd
23. 1. 1917–10. 2. 1918	Schlange	9. 2. 1967–29. 1. 1968	Ziege
11. 2. 1918–31. 1. 1919	Pferd	30. 1. 1968–16. 2. 1969	Affe
1. 2. 1919–20. 1. 1920	Ziege	17. 2. 1969– 5. 2. 1970	Hahn
2. 1. 1920– 7. 2. 1921	Affe	6. 2. 1970–26. 1. 1971	Hund
8. 2. 1921– 6. 2. 1922	Hahn	27. 1. 1971–18. 2. 1972	Schwein
7. 2. 1922–14. 2. 1923	Hund	19. 2. 1972– 2. 2. 1973	Ratte
15. 2. 1923– 4. 2. 1924	Schwein	3. 2. 1973–23. 1. 1974	Ochse
5. 2. 1924–24. 1. 1925	Ratte	24. 1. 1974–10. 2. 1975	Tiger
25. 1. 1925–12. 2. 1926	Ochse	11. 2. 1975–30. 1. 1976	Hase
13. 2. 1926– 1. 2. 1927	Tiger	31. 1. 1976–17. 2. 1977	Drache
2. 2. 1927–22. 1. 1928	Hase	18. 2. 1977– 7. 2. 1978	Schlange
23. 1. 1928– 9. 2. 1929	Drache	8. 2. 1978–27. 1. 1979	Pferd
10. 2. 1929–29. 1. 1930	Schlange	28. 1. 1979–15. 2. 1980	Ziege
30. 1. 1930–17. 2. 1931	Pferd	16. 2. 1980– 4. 2. 1981	Affe
18. 2. 1931– 6. 2. 1932	Ziege	5. 2. 1981–24. 1. 1982	Hahn
7. 2. 1932–25. 1. 1933	Affe	25. 1. 1982–12. 2. 1983	Hund
26. 1. 1933–13. 2. 1934	Hahn	13. 2. 1983– 1. 2. 1984	Schwein
14. 2. 1934– 3. 2. 1935	Hund	2. 2. 1984–19. 2. 1985	Ratte
4. 2. 1935–23. 1. 1936	Schwein	20. 2. 1985– 8. 2. 1986	Ochse
24. 1. 1936–10. 2. 1937	Ratte	9. 2. 1986–28. 1. 1987	Tiger
11. 2. 1937–31. 1. 1938	Ochse	29. 1. 1987–16. 2. 1988	Hase
1. 2. 1938–18. 2. 1939	Tiger	17. 2. 1988– 5. 2. 1989	Drache
19. 2. 1939– 7. 2. 1940	Hase	6. 2. 1989–26. 1. 1990	Schlange
8. 2. 1940–26. 1. 1941	Drache	27. 1. 1990–14. 2. 1991	Pferd
27. 1. 1941–14. 2. 1942	Schlange	15. 2. 1991– 3. 2. 1992	Ziege
15. 2. 1942– 4. 2. 1943	Pferd	4. 2. 1992–21. 1. 1993	Affe
5. 2. 1943–25. 1. 1944	Ziege	22. 1. 1993– 9. 2. 1994	Hahn
26. 1. 1944–12. 2. 1945	Affe	10. 2. 1994–30. 1. 1995	Hund
13. 2. 1945– 1. 2. 1946	Hahn	31. 1. 1995–18. 2. 1996	Schwein
2. 2. 1946–21. 1. 1947	Hund	19. 2. 1996– 6. 2. 1997	Ratte
22. 1. 1947– 9. 2. 1948	Schwein	7. 2. 1997–27. 1. 1998	Ochse
10. 2. 1948–28. 1. 1949	Ratte	28. 1. 1998–15. 2. 1999	Tiger
29. 1. 1949–16. 2. 1950	Ochse	16. 2. 1999– 4. 2. 2000	Hase

Ratte

Stürmisch bis unbedacht und voreilig, selbstbewußt bis arrogant, setzt sich gern in Szene, kann und weiß meist viel und läßt dies andere deutlich merken. Kann sich nur schwer unterordnen und bleibt oft eingefahrenen Gewohnheiten verhaftet. Ist zwar im Grund hilfsbereit, aber nur dann großzügig, wenn Lohn und Anerkennung winken. Kann in materiellen Dingen recht erfolgreich sein.

Ochse

Vital, tatkräftig, zielbewußt, meist auch vorausschauend und klug planend. Strebt idealistische Ziele an und setzt sich für deren Verwirklichung ein. Ist in seinem Gefühlsausdruck eher verhalten, obwohl er tiefe Gefühle hegt. Kann mit seinem robusten, rastlosen Tatendrang für seine Mitmenschen manchmal recht anstrengend sein.

Tiger

Ungemein unternehmungslustig, aber auch mit großer Ausdauer bei der Verfolgung von Zielen. Übertriebene Vehemenz kann zu Fehlschlägen führen. Mut kann zu Tollkühnheit übersteigert sein. Ausgeprägtes Selbstbewußtsein neigt zu Selbstüberschätzung und Egozentrik, die Rücksichtslosigkeit zur Folge haben kann. Gefühle sind meist heftig, aber auch unstabil.

Hase

Von manchmal schier unbändiger Energie und rastloser Aktivität. In der Regel für Kunst und Literatur begeistert. Kann trotz der schier beängstigenden Dynamik viel Geduld und Verständnis für andere aufbringen, ist im Grunde des Herzens sehr uneigennützig. Kann mit Hindernissen fertig werden, vor denen die meisten verzagen.

Drache

Unerschrocken, weicht weder Feinden noch Hemmnissen aus, da Mut, Vitalität und Kraft im Überfluß vorhanden sind. Gibt sich häufig schroff und abweisend und hat manchmal nur wenige gute Freunde, ist aber im Innersten ungemein sensibel und hat für die Nöte und Sorgen anderer ein offenes Ohr. Muß lernen, seine Energien zu lenken und sich zu Selbstbeherrschung und Mäßigung zu zwingen.

Schlange

Lebt die großen Energieströme in Aktivitäten aus, die meist von schöpferischem Planen gelenkt werden. Kann mit kreativer Phantasie vielfache Anstöße geben und neue Entwicklungen einleiten, ist aber nicht sonderlich ausdauernd bei der Verfolgung von Plänen, sobald das Tun zur Routine geworden ist und keine neuen Anregungen mehr gibt. Kann eine tiefe Gedanken- und Gefühlswelt haben.

Pferd

Kaum zu bändigender Tatendrang wird in einer Vielzahl von Aktivitäten ausgelebt, die manchmal überstürzt in Angriff genommen werden; bei Hindernissen und Schwierigkeiten erlischt das Interesse rasch, und schnell wird etwas Neues angefangen. Heftige Gefühlsausbrüche sind keine Seltenheit; ansonsten werden Gefühle eher zurückgehalten. Ungeduld kann gegen andere ungerecht und verletzend zum Ausdruck kommen.

Ziege

Gerechtigkeitsfanatiker, der zu Streitsucht und Heftigkeit neigt, aber nur selten Gewalt befürwortet oder anwendet und Konfliktsituationen eher durch passiven Widerstand zu bewältigen versucht. Setzt sich für andere und für Ideale als Kämpfernatur ein. Ist in der Regel kreativ und manchmal künstlerisch veranlagt.

Affe

Steckt voller Pläne, die häufig gleichzeitig in Angriff genommen werden, wobei in vielen Fällen ein eiserner Wille, gute Nerven, vorausschauende Planung und eine realistische Einschätzung der Gegebenheiten zum Erfolg führen. Sollte aber allzu große Zersplitterung und übermäßige Kräfteballungen vermeiden, um nicht sich selbst und anderen zu schaden. Kommt meist aus Schwierigkeiten gut heraus.

Hahn

Ungemein betriebsam und erfolgsorientiert, aber auch sehr ichbezogen, neigt zu Selbstsucht, Geschwätzigkeit und Launenhaftigkeit. Kann sich nur schwer unterordnen. Seine direkte Offenheit ist wohltuend, kann aber auch verletzen. Gewandtheit und schlagfertiger Witz machen ihn beliebt. Häufig von allen Aspekten der Natur fasziniert und sehr triebstark, aber in den Gefühlen nicht unbedingt konstant.

Hund

Energiegeladen und ungemein draufgängerisch, aber dabei nicht unbedingt planvoll und bedacht, läßt sich immer wieder zu blindem Losschlagen hinreißen. Setzt sich kämpferisch für Gerechtigkeit und andere Ideale ein, hat gern eine »Mission«, die er unbeugsam verfolgt. Muß jedoch unbedingt darauf achten, seine Unternehmungen besser zu planen und seine Kräfte nicht zu verzetteln.

Schwein

Voll kämpferischer Energie, aber mit wenig Ausdauer und Durchsetzungsvermögen. Setzt sich gern für andere ein, schätzt aber nicht selten Gegebenheiten falsch ein und neigt zu vorschnellen Urteilen und unbedachten Reaktionen. Kann künstlerisch vielfältig begabt sein, braucht aber in dieser Hinsicht meist die Hilfe anderer, um zu Anerkennung und Erfolg zu gelangen.

Die Jahreszeit

Sie sind in der Metall-Jahreszeit geboren, die die Wochen vom 23. September bis zum 3. Dezember umfaßt. Das Element Metall wird dem Herbst zugeordnet und ist mit dem Westen verbunden; verschwistert ist dieses Element mit Ätzung und mit beißender Kälte, symbolisch mit Gerechtigkeit, Reinigung und Sorge. Die Lieblingsfarbe des Metall-Menschen ist Weiß, seine Glückszahl die Neun.

Am wohlsten fühlen Sie sich in Häusern oder Räumen, die nach Westen ausgerichtet sind; am erquickendsten ist Ihr Schlaf, wenn dabei Ihr Kopf nach Westen weist. Weiß kann Ihnen bei Erkrankung und Erschöpfung Entspannung und Belebung bringen, aber das bewirkt auch alles, was kühl und reinigend ist, frische Luft, klares Wasser oder Eis und Schnee, die nicht nur auf den Körper, sondern auch auf Geist und Seele einwirken.

Wahrheit, Gerechtigkeit, Harmonie und Schönheit gelten Ihnen viel. In der Regel legen Sie Wert darauf, nicht nur Ihre eigene Lebenswelt durch Kunst und Kultur zu bereichern, sondern auch eine Hebung der Lebensqualität Ihrer Mitmenschen zu erreichen. Sie sind bestrebt, stets sich selbst treu zu bleiben, und schätzen im Umgang mit anderen geradlinige Offenheit, die manchmal freilich zu verletzender Direktheit werden kann. Voraussetzung für ein segensreiches Wirken nach außen ist, daß Sie zu Ihrer inneren Mitte gefunden haben, mit sich selbst im reinen sind. Bei den von Ihnen verfolgten Interessen stehen egoistische materielle Ziele und persönlicher Ruhm nicht im Vordergrund; Ihnen liegt mehr am Wohlergehen der Gemeinschaft. Manchmal neigen Sie zu übertriebener Sorge und zu kleinmütigen Zweifeln, die Ihnen und anderen das Leben schwermachen können. Besser kommen Sie über solche Phasen hinweg, wenn Sie sich auf einen Menschen stützen können, der Ihnen hilft, mehr Selbstvertrauen zu gewinnen.

Die Doppelwoche

Sie sind in der neunzehnten chinesischen Doppelwoche geboren (der Neujahrstag der Chinesen fällt nicht mit dem unseren zuammen), die die Tage vom 8. bis zum 22. November umfaßt. Dies ist die Doppelwoche des Winterbeginns, die Ihre Anlagen in bestimmter Weise prägt.

Sie sind eigenständig, selbstbewußt und zielstrebig. Wenn Aufgaben Sie interessieren, setzen Sie sich mit Kraft und Ausdauer, viel Umsicht und großem Organisationstalent ein. Eine außergewöhnliche Konzentrationsfähigkeit und gute Nerven kommen Ihnen in Problemsituationen und bei Hindernissen und Widerständen zugute. Auf den Beifall Ihrer Mitmenschen sind Sie nicht angewiesen, doch falsche Bescheidenheit liegt Ihnen fern. Stets wollen Sie aus eigener Kraft weiterkommen, Ratschläge nehmen Sie nur ungern an, geschenkt wollen Sie nichts haben. Sie nehmen klare Standpunkte ein und verfechten Ihre Meinungen mit Entschiedenheit, manchmal auch mit Fanatismus. Auf faule Kompromisse lassen Sie sich grundsätzlich nicht ein, diplomatisches Taktieren liegt Ihnen nicht. Probleme lösen Sie entschlossen und notfalls mit großem Krafteinsatz; das mühselige Entflechten »gordischer Knoten« ist nicht Ihre Sache. Aber nicht immer stellen Sie sich dem offenen Kampf. Wenn Sie glauben, daß jemand Sie hinterrücks zu Fall bringen möchte, können Sie Ihrerseits recht unfaire Mittel einsetzen, denn Sie nehmen leicht übel und sind auch sehr nachtragend. Oft würde es Ihnen besser bekommen, wenn Sie auch in solchen Situationen sich selbst treu bleiben und ein reinigendes Gewitter den hinterhältigen Intrigen vorziehen würden. Sie müssen sich davor hüten, sich allzusehr auf den sozialen und beruflichen Aufstieg zu konzentrieren und darüber den Wert zwischenmenschlicher Beziehungen zu vergessen. Versuchen Sie, die Arbeit und ein beglückendes Privatleben besser miteinander in Einklang zu bringen.

Mein indianisches Horoskop

Obwohl sie auf einem Welt- und Menschenbild beruht, das von unseren abendländischen Vorstellungen sehr verschieden ist, gelangt auch die indianische Astrologie zu Einsichten über den Menschen, die den uns vertrauten Horoskop-Aussagen verblüffend ähnlich sind. Auch für den Indianer ist der Mensch in das Universum eingebunden, ist Bestandteil eines engen Geflechts von Beziehungen und Wechselwirkungen, das die ganze – belebte und unbelebte – Welt durchzieht.

Das wichtigste Bezugssystem unserer Astrologie ist der Tierkreis mit seinen zwölf Zeichen, durch die das Jahr gegliedert wird. Nach Auffassung der Indianer tritt der Mensch mit seiner Geburt in einen magischen Kreis ein, der die ganze Welt in sich einschließt. Vier Abschnitte unterteilen das Universum, den Jahres- und Tageslauf und werden durch je ein Tier symbolisiert: Ost – Frühling – Morgen – Adler; Süd – Sommer – Mittag – Kojote; West – Herbst – Abend – Grizzlybär; Nord – Winter – Nacht – Weißer Büffel. Unseren Tierkreiszeichen entsprechen zwölf Monde oder Monate, denen jeweils ein Totem (Zeichen) im Tier-, Pflanzen- und Mineralreich sowie eine Symbolfarbe beigegeben sind.

Sie sind ein Schlange-Mensch

Geboren sind Sie unter dem Mond der Ersten Fröste, der etwa dem Zeitraum unseres Tierkreiszeichens Skorpion entspricht. Ihr Totem im Tierreich ist die Schlange, Ihr Totem im Pflanzenreich die Distel, Ihre Totems im Mineralreich sind Kupfer und

Malachit, Ihre Symbolfarbe ist Orange. Sie gehören dem Elementeklan der Frösche an, dessen Element das Wasser ist. Andere Angehörige dieses Klans sind die Specht-(Krebs-) und die Puma-(Fische-)Menschen. Das bedeutet, daß Sie mit diesen viele charakteristische Wesensmerkmale teilen. Geboren sind Sie im Herbst, der Jahreszeit von Mudjekeewis (Grizzlybär), des Hüters des Geistes aus dem Westen, der auch den Abend und die innere Stärke und die Selbstprüfung symbolisiert.

Der Schlange-Mensch ist mehr gefühls- als verstandesorientiert. Gewöhnlich ist er intelligent und ideenreich, wißbegierig und ein scharfer Beobachter mit feinem Gespür. Wenn ihm Aufgaben übertragen werden, erweist er sich als arbeitsam, pflichtbewußt und leistungsorientiert; gegen Schwierigkeiten kämpft er verbissen und notfalls mit großem Krafteinsatz an. Er ist sehr vital und verfügt über ein enormes Energiepotential. Nach außen hin gibt er sich meist zurückhaltend, wirkt manchmal verschlossen bis abweisend: Er braucht viel Selbstkontrolle, um seine starken Gefühle in Zaum zu halten. Die tiefe Gefühlswelt macht ihn verletzlich, und so verbirgt er häufig seinen verwundbaren Kern hinter einer »stacheligen« Schale. Er selbst ist nicht sonderlich anpassungsfähig, hat aber die Gabe, stark auf seine Umwelt einzuwirken, so daß diese sich teilweise ihm anpaßt.

Seine brodelnden Gefühle können ihm zu schaffen machen. Wenn es ihm nicht gelingt, sie zu beherrschen und ins Gleichgewicht zu bringen, kann er menschlich sehr unausgewogen sein, wird überkritisch, mißtrauisch, unaufrichtig, verbissen und jähzornig, was besonders seine unmittelbare Umgebung zu spüren bekommt. Selbst bei innerer Ausgeglichenheit ist er oft im Gefühlsausdruck verhalten bis gehemmt, braucht lange, bis er sich einem Mitmenschen öffnet. Dadurch umgibt ihn machmal eine Aura des Geheimnisvollen, die zu vielen Mißverständnissen führen kann. Die Verschlossenheit ist aber nichts als eine instinktive Selbstschutzreaktion.

Häufig geht von Schlange-Menschen eine starke erotische Ausstrahlung aus, die ihrer intensiven Gefühlswelt entspringt. Sie selbst nützen dies freilich nicht für schnelle Eroberungen oder flüchtige Abenteuer, denn auch in der Liebe sind sie verhalten und vorsichtig, bis sie sich von der Tragfähigkeit einer Bindung überzeugt haben. Doch wenn sie sich einem Partner öffnen, zeigen sie eine überraschende Hingabebereitschaft und Leidenschaftlichkeit.

Partnerschaften

Als Schlange-Mensch sind Sie ein Vertreter des Froschklans, dessen Element das Wasser ist. Dem gleichen Klan gehören auch die Specht-(Krebs-) und die Puma-(Fische-)Menschen an. Mit diesen kommen Sie in der Regel sehr gut zurecht, da Ihnen viele grundlegende Wesenszüge gemeinsam sind. In einer engen Partnerschaft kann es freilich eben wegen dieser Übereinstimmungen zu Reibereien kommen. Nur wenn Sie Ihre Gefühlswelt beherrschen, das innere Gleichgewicht finden, ist eine solche Partnerschaft von Bestand.

Am besten ergänzen Sie sich mit Angehörigen des Schildkrötenklans, dessen Element die Erde ist. Das Wasser bewahrt die Erde vor Austrocknung, und andererseits kann das Wasser ohne die Erde als feste Grundlage nicht fließen. Dieser Symbolbezug macht deutlich, daß eine Verbindung zwischen Angehörigen dieser Klans für beide von Vorteil ist. Die Froschklan-Menschen bringen zur stabilen Energie des Schildkrötenklan-Menschen die Beweglichkeit ihres Elements, einen dynamischen Impuls, der vor Erstarrung in den dunklen Tiefen der Erde bewahrt. Umgekehrt bieten die Vertreter des Schildkrötenklans den Menschen des Froschklans Stabilität und ein sicheres Fundament, damit sich ihre Emotionen nicht ziellos verströmen, helfen ihnen, Ideen in die Tat umzusetzen und zum inneren Gleichgewicht zu finden, das für sie so wichtig ist. Im praktischen Leben und auf der Gefühlsebene werden die Partnerschaften für beide erfreulich, nützlich und meist auch von Dauer sein. Dem Schildkrötenklan gehören die Biber-(Stier-), Braunbär-(Jungfrau-) und Schneegans-(Steinbock-) Menschen an.

Recht gegensätzlich sind Angehörige des Donnervogelklans, dessen Element das Feuer ist. Feuer und Wasser vertragen sich nicht, zehren einander auf. In einer engeren Partnerschaft kann es große Anfangsschwierigkeiten geben, da sich die Vertreter der beiden Klans instinktiv voneinander bedroht fühlen, doch kann sich gerade die Gegensätzlichkeit auf beide Seiten nutzbringend auswirken, indem die bisweilen bedrohliche Dynamik des Feuers gedämpft und andererseits die kühle Verhaltenheit des Wassers belebend erwärmt wird. Mit Geduld und Hingabe seitens des Donnervogelklan-Menschen und einem Bemühen um Ausgeglichenheit seitens des Froschklan-Menschen kann eine Bindung zwischen Vertretern dieser Klans beiden sehr hilfreich sein. Zum Donnervogelklan gehören die Roter-Habicht-(Widder-), die Stör-(Löwe-) und die Wapiti-(Schütze-) Menschen.

Das Element des Schmetterlingsklans ist die Luft. Luft ist wie Wasser in ständiger Bewegung; darin sind sich die beiden Elemente ähnlich. Ebenso ähnlich sind sich in vielen Wesenszügen die Vertreter des Frosch- und des Schmetterlingsklans, was freilich auch bedeutet, daß der eine im anderen viele der eigenen Fehler gespiegelt sieht; das kann in einer engen Bindung Reibungen und Anpassungsschwierigkeiten bringen. Beide sollten sich zunächst darum bemühen, ihre Beweglichkeit in die gleiche Richtung zu koordinieren, sich auf gemeinsame Ziele zu konzentrieren. Froschklan-Menschen können auf Vertreter des Schmetterlingsklans eine stabilisierende Wirkung ausüben, weil sie ihre Energien meist in einem konstanten Fluß und nicht in sprunghaften Schüben verströmen. Sie können überlegter vorgehen und mehr Ausdauer, Geduld und Beständigkeit an den Tag legen. Zum Schmetterlingsklan gehören die Hirsch-(Zwillinge-), Rabe-(Waage-) und Otter-(Wassermann-)Menschen.

Mein keltisches (Baum-)Horoskop

Nicht Tierkreiszeichen oder Tiere, sondern Bäume sind die Symbole der keltischen Astrologie. Deren Systematik beruht auf den beiden heiligen Zahlen der Kelten, der Drei und der Sieben: einundzwanzig Bäume gliedern den Jahreslauf. Vier der Bäume sind nur einem einzigen Tag zugeordnet, und zwar den Tagen der Frühlings- und Herbst-Tagundnachtgleiche und den Tagen des Sonnenhöchststands und Sonnentiefstands. Die übrigen Bäume »regieren« Dekaden, wie wir sie auch in unserer Astrologie kennen, wobei fünfzehn Bäumen jeweils zwei und zwei Bäumen jeweils drei Dekaden des Jahres zugeordnet sind.

Ihr Baum ist die *Kastanie*. Sie symbolisiert Zurückhaltung, Diplomatie, Gerechtigkeitsgefühl, Idealismus, aber auch Einsamkeit, mangelndes Selbstvertrauen und Empfindlichkeit. Obwohl stattlich, will sie niemanden beeindrucken und bemüht sich nicht um die Gunst anderer.

Diese Grundcharakteristik bedeutet für Sie: Für den sozialen und beruflichen Aufstieg haben Sie viele gute Anlagen, einen wendigen Geist, Wirklichkeitssinn, Begeisterungsfähigkeit, Diplomatie und Beständigkeit. Zu schaffen machen Ihnen freilich eine gewisse innere Unsicherheit und mangelndes Selbstvertrauen; oft fühlen Sie sich unverstanden und unterbewertet. Manchmal versuchen Sie diese Schwächen durch forsches Auftreten zu überspielen, aber das Gefühl des Ungenügens kann Sie auch reizbar und launisch machen. Wenn Sie mehr Selbstsicherheit erringen, können Sie viel gewinnen.

Es kann lange dauern, bis Sie zu einer beglückenden dauerhaften Zweierbeziehung finden, denn mit Ihrer tiefen Gefühlswelt lehnen Sie flüchtige Abenteuer ab. Wenn Sie sich jedoch gebunden haben, erweisen Sie sich als außergewöhnlich treuer und fürsorglicher Partner, dem das Wohl des anderen sehr am Herzen liegt und der sich für ihn mit viel Liebe und all seiner Kraft einsetzt.

Indira Gandhi (1917–1984)

Carl Maria von Weber (1786−1826)

Karl I. von England (1600–1649), Porträt von A. van Dyck

Michail Lomonossow (1711–1765)

Prominente Geburtstagskinder

Karl I. von England

* am 19. November 1600 in Dunfermline
† am 30. Januar 1649 in London

Leben und Wirken von Englands König Karl I. aus dem Hause Stuart standen unter einem unglücklichen Stern. Der Monarch war ein ritterlicher Edelmann, aber ohne politischen Instinkt für die Strömungen der Zeit. Und die flossen unaufhaltsam in Richtung auf die Demokratie. Parlamentsfreiheit und Bürgerrecht, das waren die Parolen des Tages, doch Karl verschloß sich den Rufen des Volkes und regierte kurzerhand ohne Parlament weiter. 1642 brach der Bürgerkrieg aus: Oliver Cromwell, der Führer des Parlamentsheeres, schloß mit den Schotten ein Bündnis gegen den König und siegte bei Marston Moore und Naseby. Karl I. wurde festgenommen und des Landes- und Hochverrats für schuldig befunden. Am 30. Januar 1649 betrat der König aufrecht und ohne Zagen das Blutgerüst, um als Märtyrer aller Royalisten Europas in die Unsterblichkeit einzugehen.

Michail Lomonossow

* am 19. November 1711 in Denissowka
† am 15. April 1765 in Petersburg

Michail Lomonossow war ein Universalgelehrter, wie man ihn seit Leonardo da Vinci nicht mehr gekannt hat. Der Bauernsohn aus dem russischen Norden hat bahnbrechende Beiträge zur Chemie, Physik, Geologie, Geographie, Astronomie, Philologie und sogar zur Dichtkunst geliefert. Als Jüngling hatte sich der Wissensdurstige einer Karawane von Fischhändlern angeschlossen, die nach Moskau zogen, und war dort jahrelang von seinen adligen Mitschülern bespöttelt worden, bis ihm der Professorentitel und als dem ersten Russen der Titel eines ordentlichen Akademiemitglieds zuerkannt wurden. Jede einzelne der vielen Entdeckungen, die dieser große Forscher in seinem Leben machte, würden für die Unsterblichkeit ausreichen: Acht Jahre vor Herschel entdeckte er die Atmosphäre der Venus, siebzehn Jahre vor Lavoisier das Gesetz von der Erhaltung der Materie, sechzig Jahre vor Fresnel beschrieb er das Licht als Schwingungen von Ätherteilchen. Nebenbei verfaßte er Tragödien und Oden und eine Grundlegung der russischen Grammatik.

Carl Maria von Weber

* am 19. November 1786 in Eutin
† am 5. Juni 1826 in London

Carl Maria von Weber ist stets ein Lieblingskomponist der Deutschen gewesen, obwohl sein Werk vom Umfang her – vergleicht man es mit dem Mozarts, Beethovens oder Schuberts – recht klein erscheint: Seinen dauerhaften und nie verblaßten Ruhm verdankt er vornehmlich seiner Oper *Der Freischütz*. Es lag nicht an mangelndem Fleiß oder zu geringer Begabung, daß Weber recht wenige Werke hinterlassen hat, sondern im Gegenteil an der Vielzahl seiner Aufgaben. Weber war schon zur damaligen Zeit so etwas wie ein »Musikmanager«: Er war Konzertpianist, Kapellmeister am Prager Nationaltheater und baute in Dresden die Deutsche Oper auf. Das Komponieren betrieb er mehr nebenher. Erst fünf Jahre vor seinem Tod schrieb er den *Freischütz*, der ihm sogleich Weltruhm eintrug. Aufträge aus dem Ausland stellten sich ein: Aus Wien bestellte man die Oper *Euryanthe*, aus London die auch heute noch oft gespielte Märchenoper *Oberon* nach einem Text von Wieland. Weber übernahm sich mit seinen zahlreichen Verpflichtungen: Der Arzt riet dem kränkelnden Komponisten ab, die Uraufführung des *Oberon* in London selbst einzustudieren und zu dirigieren. Doch Webers finanzielle Verhältnisse ließen eine Ruhepause nicht zu – er fuhr nach London. Wenige Wochen nach der Aufführung starb er in London an einer Kehlkopftuberkulose.

Die Popularität seiner Musik erklärt sich daraus, daß Weber, der erste »Romantiker« der Musik, ausgesprochen »deutsch« war – im Sinne von »volkstümlich«. Diese volkstümliche Note ist seinem ganzen Schaffen eigen, er verstand es als seine Aufgabe, eine Brücke zu schlagen zwischen den hohen Anforderungen der Kunst und den sinnlichen Bedürfnissen der Menschen. Der Stoff des *Freischütz* war für romantische Träumereien wie geschaffen und bot mit seiner Mischung von Wald und Jägerleben, Naturnähe und dem Walten dämonischer Mächte den gefühlsbetonten und überschwenglichen Weberschen Klängen idealen Raum.

Indira Gandhi

* am 19. November 1917 in Allahabad
† am 31. Oktober 1984 in Delhi

31. Oktober 1984: Die indische Ministerpräsidentin Indira Gandhi verläßt ihre Residenz in Delhi und schreitet in den Park, wo sie der berühmte Schauspieler und Schriftsteller Peter Ustinov zu einem Interview erwartet. Plötzlich bellen Schüsse, kreischend fliegen Hunderte von Vögeln von den Bäumen. In ihrem Blut liegt Indira Gandhi, »bharat mata«, die »Mutter Indiens«, ermordet von ihren eigenen Leibwächtern. Sie gehörten dem Volk der Sikhs an, die von einem eigenen Staat im Punjab, »Khalistan«, träumen. Im Juni 1984 war es in Amritsar, der heiligen Stadt der Sikhs, zu bewaffneten Unruhen gekommen. Indira Gandhi hatte den Goldenen Tempel stürmen lassen, wo extremistische Sikhs ein Waffenlager unterhielten, und sich durch diese Schändung des Heiligtums den Haß von Millionen zugezogen. Die Rache war vollzogen. Indira Gandhis Leichnam wurde verbrannt, ihre Asche über den majestätischen Gipfeln des Himalaya von einem Flugzeug aus in alle Winde zerstreut.

Indira Gandhi, die Tochter des ersten indischen Ministerpräsidenten Jawaharlal Nehru, war schon als Kind politisch aktiv. Als Zwölfjährige gründete sie die »Affenbrigade«, eine Organisation von tausend Mädchen und Jungen, die als Überbringer geheimer Nachrichten unter den Freiheitskämpfern gegen Englands Kolonialherrschaft wirkten. In den 30er Jahren studierte Indira in Shantiniketan und in Oxford Philosophie, Geschichte und Verwaltungswissenschaften, 1942 heiratete sie den Parsen Feroze Gandhi. 1944 wurde ihr erster Sohn Rajiv geboren, der seit 1984 als Nachfolger seiner Mutter Ministerpräsident von Indien ist.

Bis zum Tod ihres Vaters Nehru (1964) war Indira als seine wichtigste politische Beraterin die »First Lady« Indiens. 1966 übernahm sie selbst das Amt des Ministerpräsidenten, entschlossen, Indien in eine glückliche, sorgenfreie Zukunft zu führen. Doch die Probleme, mit denen sie konfrontiert wurde, schienen unüberwindlich: die Bevölkerungsexplosion, wirtschaftliche Stagnation, Korruption in der Verwaltung, Kapitalmangel. 1971 läßt die »Mutter Indiens« gegen Pakistan aufmarschieren, um den Freiheitskampf der Ostbengalen zu unterstützen. 1974 explodiert die erste indische Atombombe. Indira Gandhi gebärdet sich wie die Führerin einer Großmacht. 1977 wird sie vom Volk abgewählt, doch ihr Wille zur Macht blieb ungebrochen: 1980 hatte sie ihr Comeback geschafft und war wieder Ministerpräsidentin der größten Demokratie der Welt – für vier Jahre, bis die tödlichen Schüsse fielen.

Weitere Geburtstagskinder am 19. November sind:

Der französische Diplomat Ferdinand von Lesseps (1805–1894), die norwegische Schriftstellerin Marie Hamsun (1881–1969) und die deutsche Schriftstellerin Anna Seghers (1900–1983).

Weltzeitalter, Jahresplaneten, Symbolbezüge

Infolge der Kreiselbewegung der Erdachse (Präzession) wandert der Frühlingspunkt, also der Schnittpunkt von Himmelsäquator und Ekliptik, in rund 2100 Jahren um jeweils ein Sternbild auf dem Tierkreis zurück. An der Spitze des Sternbilds Widder lag der Frühlingspunkt vor rund 4000 Jahren; um die Zeitenwende wanderte er in das Sternbild Fische zurück, und inzwischen ist er im Sternbild Wassermann angelangt. Von den Sternbildern zu unterscheiden sind die gleichnamigen Tierkreiszeichen: Bei diesen handelt es sich um Abschnitte eines auf den Frühlingspunkt ausgerichteten astrologischen Bezugssystems, das durch die Wanderung dieses Punktes nicht verändert wird.

Die Zeitdauer einer vollen Erdachsenumdrehung (rund 25000 Jahre) bezeichnet man als »Platonisches Jahr«. Dieses gliedert sich in zwölf jeweils etwa 2100 Jahre umfassende »Weltmonate« (auch Weltzeitalter genannt), die nach alter astrologischer Tradition durch die Wirkqualitäten des Tierkreisabschnitts bestimmt werden, der vom Frühlingspunkt im jeweiligen Zeitraum durchlaufen wird. Eine zusätzliche Prägekraft schrieb man dem im Tierkreis gegenüberliegenden Abschnitt zu, so daß also jeweils zwei polare Tierkreiszeichen wirksam sind.

Wir stehen heute an der Schwelle des *Wassermann-Zeitalters,* das durch das Tierkreiszeichen Wassermann und den ihm zugeordneten Planeten Uranus gekennzeichnet sein wird. Beide symbolisieren revolutionäre Umbrüche, eine gesteigerte Verbundenheit mit dem All, aber auch eine Verdichtung der Beziehungen innerhalb der Menschheit. Daß die atemberaubende Entwicklung von Wissenschaft und Technik grundlegende Veränderungen (Nutzung der Atomkraft, Computer, Raumfahrt) eingeleitet hat, ist offenkundig. Nachrichten- und Verkehrstechnik haben die Erde gleichsam schrumpfen lassen, haben die Menschen aller Kontinente einander so nahe gebracht wie nie zuvor. Noch ist nicht abzusehen, wohin diese Entwicklung führen wird, ob sie der Menschheit zum Fluch oder zum Segen gereicht.

Etwa von der Zeitwende bis in unsere Tage dauerte das *Zeitalter der Fische.* Das welthistorisch bedeutsamste Ereignis dieses Abschnitts war die Entstehung und Entfaltung des Christentums, dessen frühes Symbol die Fische waren. Der Einfluß des polaren Tierkreiszeichens Jungfrau zeigt sich in den Grundzügen der christlichen Religion (Demut, Nächstenliebe usw.), aber auch im Marienkult.

Die beiden Jahrtausende vor der Zeitwende, das *Zeitalter des Widders,* standen unter dem Einfluß des Mars. Große Völkerkriege ließen mächtige Reiche untergehen und führten das Griechenheer Alexanders des Großen bis nach Indien. Der polare Waage-Einfluß zeigt sich in den herrlichen Kunstschöpfungen dieser Zeit. Der Widder spielte in manchen Religionen des Orients eine bedeutsame Rolle.

Das 3. und 4. vorchristliche Jahrtausend war das *Zeitalter des Stiers.* Erdverbundener Schönheitssinn und praktisches Denken offenbaren sich in der altägyptischen Kultur. Im ganzen Mittelmeerraum spielen Stierkulte eine wichtige Rolle, wie sie uns am eindrucksvollsten aus Kreta überliefert sind. Der polare Skorpion-Einfluß zeigt sich u. a. in den Totenkulten der damaligen Hochkulturen.

Das *Zeitalter der Zwillinge* (um 6000 – 4000 v. Chr.) wird durch gesteigerte geistige und physische Mobilität gekennzeichnet. In diesen Abschnitt fallen die Verbreitung der Schrift und die Entstehung erster Bibliotheken (China, Zweistromland, Ägypten), aber auch die Erfindung des Rades.

Jahresplaneten kennt man schon seit Tausenden von Jahren. Sie wurden zunächst im vorderasiatischen Kulturraum als Anhaltspunkte für die Zeitrechnung eingeführt; da damals das Jahr im Frühling begann, dauert die »Herrschaft« eines Planeten jeweils vom 21. März bis zum 20. März des Folgejahres.

Erst später schrieb man den Jahresplaneten auch astrologische Bedeutung zu und begann, sie in die Deutung von Individualhoroskopen und bei der astrologischen Wettervorhersage einzubeziehen. Die moderne Astrologie ist davon wieder abgekommen, aber für Interessierte wollen wir mit zwei Übersichten kurz darauf eingehen.

Die Jahresplaneten für das 20. Jahrhundert

Merkur
1900 1907 1914 1921 1928 1935 1942 1949 1956 1963
1970 1977 1984 1991 1998

Mond
1901 1908 1915 1922 1929 1936 1943 1950 1957 1964
1971 1978 1985 1992 1999

Saturn
1902 1909 1916 1923 1930 1937 1944 1951 1958 1965
1972 1979 1986 1993 2000

Jupiter
1903 1910 1917 1924 1931 1938 1945 1952 1959 1966
1973 1980 1987 1994

Mars
1904 1911 1918 1925 1932 1939 1946 1953 1960 1967
1974 1981 1988 1995

Sonne
1905 1912 1919 1926 1933 1940 1947 1954 1961 1968
1975 1982 1989 1996

Venus
1906 1913 1920 1927 1934 1941 1948 1955 1962 1969
1976 1983 1990 1997

»Der Mensch dringt durch den Erdenhimmel in neue Welträume vor.«
Holzschnitt um 1530

Dem Einfluß des Jahresplaneten schrieb man über die individuellen Konstellationen des Geburtshoroskops hinaus folgende zusätzlichen Prägekräfte auf das Wesen der in den jeweiligen Jahren Geborenen zu:

Merkur: vielseitig interessiert, kritisch, verstandesbetont, ehrgeizig, redegewandt und reisefreudig.

Mond: unbeständig, wechselvolles Schicksal, Veränderungen in der Lebensmitte, Erfolge im Alter.

Saturn: überlegt, konzentriert, ausdauernd, eigensinnig und verschlossen; langsamer Aufstieg, später Erfolg.

Jupiter: großzügig, lebensfroh, optimistisch, gute Aufstiegschancen.

Mars: dynamisch, energisch, leidenschaftlich, starkes Durchsetzungsvermögen, aber auch voreilig und unbedacht.

Sonne: selbständig, großzügig, aber auch ichbezogen, eigenwillig und triebhaft.

Venus: begeisterungsfähig, schöpferisch, vielseitig interessiert, lebensfroh; Erfolg oft erst in der zweiten Lebenshälfte.

Noch einmal sei gesagt, daß sich der Einfluß eines Jahresplaneten nicht vom 1. Januar bis zum 31. Dezember, sondern vom 21. März bis zum 20. März des folgenden Jahres erstreckt.

Auf die vielfältigen *Symbolbezüge* von Tierkreiszeichen und Planeten können wir hier nicht im einzelnen eingehen. Wir wollen sie nur tabellarisch zusammenfassen, und zwar in folgender Reihenfolge:

Tierkreiszeichen – Planetenherrscher – Farben – Metall – Edelsteine – Zahlen – Wochentag.

Widder: Mars – Rot, Kadmiumgelb – Eisen – Rubin, Jaspis, Granat, Diamant, Amethyst – Neun – Dienstag.

Stier: Venus – Gelb, Pastellblau, Hellgrün – Kupfer – Achat, Smaragd, Saphir, Lapislazuli, Türkis, Karneol – Fünf und Sechs – Freitag.

Zwillinge: Merkur – Violett, Safrangelb – Quecksilber – Topas, Bergkristall, Aquamarin, Goldberyll – Fünf – Mittwoch.

Krebs: Mond – Grün, Silber, Weiß – Silber – Kristall, Smaragd, Opal, Mondstein, Perlen – Zwei und Sieben – Montag.

Löwe: Sonne – Orange, Gold, Gelb – Gold – Rubin, Diamant, Hyazinth, Goldtopas, Tigerauge – Eins und Vier – Sonntag.

Jungfrau: Merkur – Violett, Hellblau, Weiß – Quecksilber – Roter Jaspis, Achat, Karneol, Topas, Turmalin – Fünf – Mittwoch.

Waage: Venus – Gelb, Pink, Pastelltöne – Kupfer – Diamant, Beryll, Lapislazuli, Türkis, Koralle, Perlen – Fünf und Sechs – Freitag.

Skorpion: Mars – Rot, Braun, Schwarz – Eisen – Topas, Malachit, Jaspis, Rubin, Sardonyx – Neun – Dienstag.

Schütze: Jupiter – Blau, Purpur, warmes Braun – Zinn – dunkelblauer Saphir, Türkis, Amethyst, Lapislazuli, Granat – Drei – Donnerstag.

Steinbock: Saturn – Indigo, Dunkelgrün, Braun, Schwarz – Blei – Onyx, Gagat, Chalzedon, Karneol, Chrysopras, schwarze Perlen – Acht und Fünfzehn – Samstag.

Wassermann: Uranus (früher Saturn) – Indigo, Lila, Violett, irisierende Farben – Blei, Aluminium, Radium – Saphir, Amethyst, Bernstein, Aquamarin, Chalzedon – Acht und Fünfzehn – Samstag.

Fische: Neptun (früher Jupiter) – Blau, Violett, Weiß, schillernde Farben – Platin, Zinn – Chrysolith, Saphir, Topas, Opal, Perlmutt, Kristalle – Drei – Donnerstag.

II.
Mein persönliches Horoskop

Astrologische Symbole

Tierkreiszeichen

Widder	♈	Waage	♎
Stier	♉	Skorpion	♏
Zwillinge	♊	Schütze	♐
Krebs	♋	Steinbock	♑
Löwe	♌	Wassermann	♒
Jungfrau	♍	Fische	♓

Gestirnsymbole

Sonne	☉	Jupiter	♃
Mond	☽	Saturn	♄
Merkur	☿	Uranus	⛢
Venus	♀	Neptun	♆
Mars	♂	Pluto	♇

Aspekte

Konjunktion (0°)	☌	Trigon (120°)	△
Sextil (60°)	⚹	Opposition (180°)	☍
Quadrat (90°)	□		

So erstellen Sie Ihr persönliches Horoskop

Die Auskünfte, die Sie im ersten Teil unseres Buches erhalten haben, beruhen im wesentlichen auf der Prägekraft Ihres Sonnenzeichens, also jenes Tierkreiszeichens, in dem zum Zeitpunkt Ihrer Geburt die Sonne gestanden hat. Nun ist aber der Sonnenstand nur eine aus einer Vielzahl von kosmischen Gegebenheiten, die auf Ihre Wesensart, Ihre Anlagen und Fähigkeiten einwirken und dadurch beitragen, Ihren Lebensweg zu bestimmen. Ein genaueres, Ihren ganz persönlichen Gegebenheiten entsprechendes Bild ergibt sich erst, wenn auch die übrigen Elemente des Horoskops mit einbezogen werden. Das können Sie mit Hilfe der folgenden Anleitung tun. Wir haben die hierzu erforderlichen Hilfsmittel und Verfahren so vereinfacht, daß zur Erstellung des Horoskops keine komplizierten Berechnungen notwendig sind. Für die Deutung Ihres Horoskops finden Sie im Anschluß an die Tabellen Übersichten, die trotz der aus Platzgründen gebotenen Knappheit der Darstellung viele Anhaltspunkte geben.

Nun ist freilich seriöses Horoskopieren eine Kunst und Begabung, deren Ausübung viel Erfahrung und Einfühlungsvermögen voraussetzt. Kein Buch kann Sie im Schnellverfahren zum Fachastrologen machen. Dieser arbeitet zudem außer mit dem System der Tierkreiszeichen mit einem zweiten Bezugssystem, dem der Häuser, das noch detailliertere Aussagen ermöglicht. Für deren Berechnung und Deutung wären aber so umfangreiche Tabellen nötig, daß wir darauf verzichten müssen. Dennoch bietet Ihnen auch unser vereinfachtes Verfahren viele zusätzliche Auskünfte über Ihre ganz persönlichen Gegebenheiten.

Folgen Sie nun Schritt für Schritt unseren Anleitungen. Als erstes füllen wir die Liste »Gestirnstände« auf Seite 82 aus und zeichnen die ermittelten Stände in das Horoskopformular auf der gleichen Seite ein.

So finden Sie die Gestirnstände

Schlagen Sie die Tabelle »Gestirnstände« auf Seite 84 auf. Den genauen Sonnenstand für den Tag Ihrer Geburt finden Sie einleitend. Dann suchen Sie in der Tabelle Ihr Geburtsjahr und übertragen die in der betreffenden Zeile angeführten Gradangaben für Merkur, Venus, Mars, Jupiter, Saturn, Uranus, Neptun und Pluto in die Liste auf Seite 82. Sie finden jeweils zwei Gradangaben, eine erste zwischen 0 und 30 Grad mit Tierkreiszeichen und rechts vom Schrägstrich eine zweite zwischen 0 und 360 Grad ohne Tierkreiszeichen. Übertragen Sie beide Werte in die Liste.

Nun fehlt noch der Mondstand, der, um ganz genau zu sein, nach der von der Uhrzeit und dem Ort der Geburt abhängigen Ortszeit berechnet werden muß. Was die Ortszeit ist und wie die Berechnung vor sich geht, erklären wir Ihnen auf Seite 88. Wenn Sie den ermittelten Mondstand übertragen haben, ist unsere Liste auf Seite 82 komplett. Nun können wir die Gestirnstände ins Horoskopformular auf der gleichen Seite eintragen. Wie das aussieht, zeigt unser Beispielhoroskop auf Seite 80 (eine ausgefüllte Gestirnstandliste sehen Sie auf Seite 79).

So finden Sie Ihren Aszendenten

Wenn Sie nach unserer Anleitung auf Seite 88 die Ortszeit Ihrer Geburt bestimmt haben, können Sie auf der Grafik auf Seite 92 bei der errechneten Zeit Ihren Aszendenten direkt ablesen.

So berechnen Sie Ihre Aspekte

Hierfür müssen wir zuerst die Spalte »Position« in der Liste »Aspekte« auf Seite 83 ausfüllen. In diese Spalte übertragen wir aus der Liste »Gestirnstände« auf Seite 82 für jedes Gestirn den zwischen 0 und 360 liegenden Wert rechts vom Schrägstrich. Dann ermitteln wir systematisch die Unterschiede zwischen allen diesen Zahlen, indem wir jeweils die kleinere von der größeren abziehen. Wenn das Ergebnis über 180 liegt, zählen wir erst zur kleineren Zahl 360 hinzu und ziehen vom Ergebnis die andere Zahl ab. *Ein Beispiel*: 270 – 182 = 88; aber 320 – 30 = 290, also größer als 180, deshalb rechnen wir erst 30 + 360 = 390 und ziehen davon 320 ab: 390 – 320 = 70.

Wir beginnen mit den Gradangaben für Sonne und Mond und tragen das Ergebnis in der Zeile mit dem Sonnenzeichen in der Spalte unter dem Mondzeichen ein. Dann berechnen wir den Unterschied zwischen den Zahlen für Sonne und Merkur und schreiben das Ergebnis in der Sonnenzeile in die Spalte mit dem Merkurzeichen darüber. So machen wir weiter bis zum Unterschied zwischen den Zahlen für Sonne und Pluto. Wenn die Zeile mit dem Sonnenzeichen ausgefüllt ist, machen wir mit dem Mond weiter, also Mond – Merkur, Mond – Venus usw. bis zu Mond – Pluto und tragen die Ergebnisse in der Mondzeile in der Spalte für das jeweilige Gestirn ein. Es folgen Merkur – Venus bis Merkur – Pluto und so fort, bis wir schließlich bei Neptun – Pluto angelangt sind. Damit haben wir in jedem Kästchen rechts von den Balkenkreuzen unserer Liste auf Seite 83 eine Zahl eingetragen.

Diese Zahlen schauen wir uns jetzt genauer an. Aufmerksamkeit verdienen alle Werte, die zwischen 0 und 15, 49 und 71, 78 und 102, 108 und 132 oder 165 und 195 liegen, weil sie auf Aspekte im Horoskop hinweisen können.

Gestirne bilden Aspekte, wenn sie im Augenblick der Geburt in bestimmten Abständen (Winkeln) zueinander stehen. Dann treten sie miteinander in Wechselwirkung, was sich günstig oder ungünstig auswirken kann. Wir beschränken uns auf die sogenannten Hauptaspekte: Konjunktion (0 Grad), Sextil (60 Grad), Quadrat (90 Grad), Trigon (120 Grad) und Opposition (180 Grad). Sextil und Trigon sind günstige Aspekte, Quadrat und Opposition ungünstige Aspekte, während sich eine Konjunktion manchmal günstig und manchmal ungünstig auswirken kann. Die Aspekte müssen aber nicht exakt sein, d.h., die Abstände zwischen zwei Gestirnen müssen nicht genau 0, 60, 90, 120 oder 180 Grad betragen, sondern es ist eine bestimmte Wirkungsbreite gegeben, so daß beispielsweise zwischen Sonne und Mond eine Opposition vorliegt, wenn der Abstand zwischen 165 und 195 Grad beträgt. Die Wirkungsbreite ist je nach der Art der Aspekte und der daran beteiligten Gestirne unterschiedlich. In unserer Deutungstabelle (ab Seite 105) ist bei jedem Aspekt angegeben, innerhalb welcher Grenzen er gilt.

In der Deutungsübersicht ab Seite 105 müssen wir nachschlagen, wenn wir in unserer Liste »Aspekte« auf Seite 83 folgende Werte errechnet haben: bei Werten zwischen 0 und 15 im Abschnitt »Konjunktion« (ab Seite 105), bei Werten zwischen 78 und 102 bzw. 165 und 195 im Abschnitt »Quadrat und Opposition« (ab Seite 110) und bei Werten zwischen 59 und 71 bzw. 108 und 132 im Abschnitt »Sextil und Trigon« (ab Seite 114). Unter welchem Gestirn wir nachschlagen müssen, verrät uns das Gestirnsymbol am Anfang der betreffenden Zeile. Steht also links in der betreffenden Zeile das Symbol ☿ und am Kopf der Spalte das Symbol ♃, so müssen wir unter Merkur/Jupiter nachsehen. Wenn ein Aspekt vorliegt, so zeichnen wir ihn in das Kästchen neben der Zahl mit dem auf der Seite 83 unten angeführten Symbol ein. Zum Schluß können wir die Aspekte wie im Beispielhoroskop auf Seite 80 in unserem Horoskopformular auf Seite 82 einzeichnen.

Die Ermittlung der Aspekte ist das Komplizierteste bei der Horoskoperstellung, lohnt sich aber, weil Aspekte sehr interessante Aufschlüsse geben, wie unsere Deutungsübersicht zeigt. Machen Sie sich also diese Mühe, und Sie werden viele zusätzlichen Informationen erhalten. Wie Sie bei der Deutung vorgehen, wird ab Seite 93 erklärt.

Die Deutung der Gestirnstände ist einfach: Sie brauchen nur in der Liste »Gestirnstände« bei jedem Gestirn nachsehen, welches Tierkreiszeichen vor der Positionsangabe steht, und können dann in der Deutungsübersicht (ab Seite 94) nachsehen, welche Schlüsse daraus zu ziehen sind.

Ein Beispielhoroskop

Um Ihnen die Sache zu verdeutlichen, wollen wir an einem Beispiel zeigen, wie ein Horoskop erstellt und gedeutet wird. Wir wählen das Horoskop eines Mannes, der in der ersten Hälfte unseres Jahrhunderts hohes Ansehen errungen hat. Er wurde am 14. Januar 1875 um 23.52 Uhr in Kaysersberg/Elsaß geboren.

Alle aus den Tabellen ermittelten Gradangaben tragen wir in die Liste »Gestirnstände« ein. Sie sieht in unserem Fall folgendermaßen aus:

☉	♑ 23/293	♃	♏ 01/211
☽	♈ 26/26	♄	♒ 14/314
☿	♑ 24/294	♅	♌ 14/134
♀	♐ 14/254	♆	♈ 28/28
♂	♏ 14/224	♇	♉ 21/51

Als nächstes übertragen wir die auf 360 Grad bezogenen (rechts stehenden) Werte dieser Liste in die Spalte »Position« der Liste »Aspekte« und berechnen dann die Abstände der Gestirne, indem wir jeweils die kleinere von der größeren Zahl abziehen. Schließlich ermitteln wir anhand der einzelnen Ergebnisse, ob und welche Aspekte gegeben sind, und kennzeichnen sie in unserer Liste. Das sieht in unserem Beispielhoroskop dann so aus:

Position		☽	☿	♀	♂	♃	♄	♅	♆	♇
☉	293	93 □	01 ☌	39	69 ⚹	82 □	21	159	95 □	118 △
☽	26	X	92 □	132	162	175 ☍	72	108	02 ☌	25
☿	294		X	40	70	83 □	20	160	94 □	117 △
♀	254			X	30	43	60 ⚹	120 △	134	157
♂	224				X	13	90 □	90 □	164	173 ☍
♃	211					X	103	77	177 ☍	160
♄	314						X	180 ☍	74	97
♅	134							X	106	84
♆	28								X	23
♇	51									X

Zum Schluß können wir das Horoskopformular ausfüllen, indem wir Gestirnstände und Aspekte einzeichnen. Unser Beispielhoroskop für den am 14. Januar 1875 Geborenen sieht folgendermaßen aus:

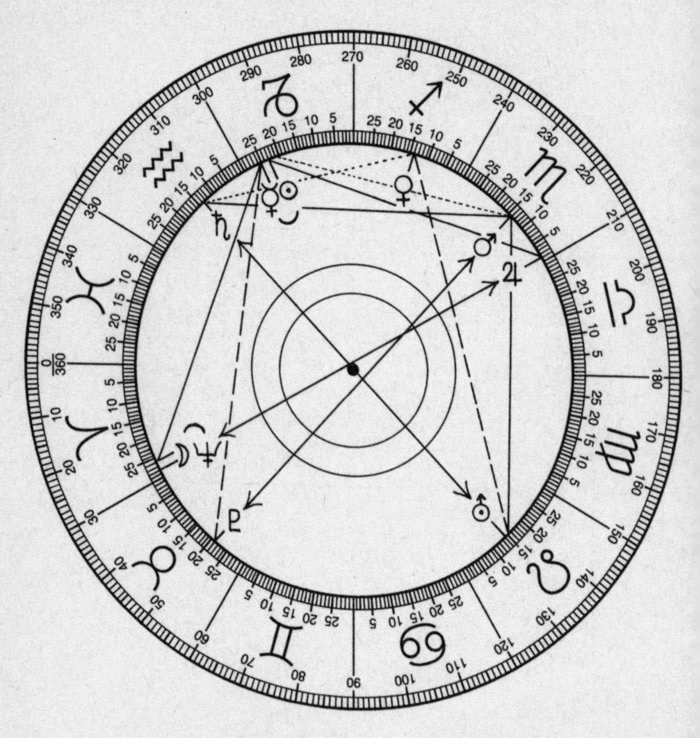

Ein Blick auf das ausgefüllte Horoskopformular läßt erkennen, daß spannungsgeladene Aspekte (Quadrat und Opposition) überwiegen: Hier spiegelt sich ein Leben, das von tiefem Ernst und ausgeprägtem Pflichtbewußtsein getragen war und in dem nichts geschenkt wurde, sondern jeder Erfolg hart erarbeitet und erkämpft werden mußte. In die gleiche Richtung weist das Sonnenzeichen Steinbock, das Arbeit, Pflichterfüllung, Idealismus und wirklichkeitsbezogenen Ehrgeiz symbolisiert. Das Aszendentenzeichen Waage signalisiert musikalische Begabung, eine Tätigkeit in der und für die Gemeinschaft und wiederum mit Verletzlichkeit gepaartem Ehrgeiz. Willenskraft und Durchsetzungsvermögen, Organisationstalent und Ideenreichtum verraten die Tierkreiszeichen, in denen Mond, Mars, Saturn und Uranus stehen; Gedankenreichtum, Idealismus und Altruismus symbolisieren die Zeichen von Venus, Saturn und Neptun.

Präziser werden Wesensbild und Schicksal, wenn wir die Aspekte hinzuziehen. Die Konjunktion von Sonne und Merkur verweist auf einen forschenden, bohrenden Geist, der auf dem von ihm erwählten Fachgebiet zum Pionier werden kann. Daß die Konjunktion im Zeichen Steinbock erfolgt, deutet auf Mühen und Schwierigkeiten hin, in der Jugend ebenso wie im späteren Werdegang. Die Nähe von Sonne und Merkur kennzeichnet den Individualisten, der mit seinem stark subjektiven Denken anecken kann, aber auch überzeugend zu reden (und schreiben) vermag. Der Mond im Zeichen Widder verweist auf ein Wirken für die Gemeinschaft, das aber von Mühen und Enttäuschungen begleitet ist, wie das Quadrat Mond/Sonne und die Opposition Mond/Mars andeuten. Gemeinschaftssinn und mitfühlende Hilfsbereitschaft spiegelt auch die Konjunktion von Mond und Neptun. Andere Aspekte signalisieren ein Streben nach Horizonterweiterung, tiefgreifende Umbrüche im Leben und ein sich im Ausland erfüllendes Geschick.

Die Rede ist hier von dem 1875 im Elsaß geborenen und 1965 in Lambarene (Gabun) gestorbenen »Urwalddoktor« und Friedensnobelpreisträger Albert Schweitzer. Aus bescheidenen Verhältnissen stammend, wurde er streng von einem Großonkel erzogen. Er studierte Theologie und wurde als Orgelinterpret der Werke J. S. Bachs bekannt, doch 1905 gab er seine Stellung als Hilfsprediger und Privatdozent in Straßburg unvermittelt auf, um Medizin zu studieren. Unter größten Schwierigkeiten gründete er 1913 als Missionsarzt in Gabun ein »Urwaldhospital« und wurde zum – allerdings vielfach angefeindeten – Pionier der Tropenmedizin. Trotz seiner unbezweifelbaren Verdienste wurden ihm Anerkennung und Ehrungen erst gegen Ende seines Lebens zuteil. 1952 wurde ihm der Friedens-Nobelpreis zugesprochen.

Horoskopformular

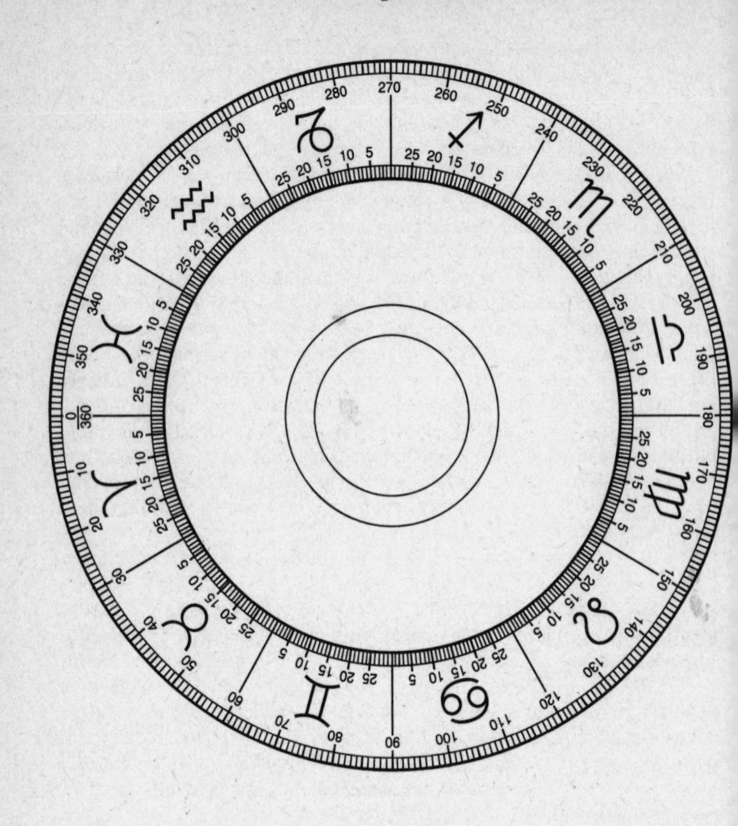

Gestirnstände

☉	/	♃	/
☽	/	♄	/
☿	/	♅	/
♀	/	♆	/
♂	/	♇	/

Aspekte

Position		☽	☿	♀	♂	♃	♄	♅	♆	♇
☉										
☽		X								
☿			X							
♀				X						
♂					X					
♃						X				
♄							X			
♅								X		
♆									X	
♇										X

Kennzeichnung der Aspekte

Wie die Aspekte ermittelt werden, lesen Sie bitte auf Seite 77 nach. Welche Wirkungsbreite Aspekte haben können, erfahren Sie ab Seite 105.

Aspekt	*Einzeichnung in* *Aspektetabelle*	*Horoskopformular*
Konjunktion (0°)	☌	⌒
Sextil (60°)	⚹	·················· (blau)
Quadrat (90°)	□	———————— (rot)
Trigon (120°)	△	- - - - - - - - - - - - (blau)
Opposition (180°)	☍	←————————→ (rot)

Horoskop für: ______________________________

geboren am: ______________ in: ______________

Geburtszeit: __________ MEZ = __________ WZ = __________ OZ

Aszendent: ______________________________

Gestirnstände am 19. November

Die Sonne (☉) steht an diesem Tag durchschnittlich in 27° Skorpion = 237° auf dem Gesamtkreis unseres Horoskopformulars. Die übrigen Gestirnstände Ihres Geburtshoroskops finden Sie in der folgenden Tabelle unter Ihrem Geburtsjahr, links jeweils die Stände in den Tierkreiszeichen, rechts den Stand auf dem 360° umfassenden Gesamtkreis des Horoskopformulars. Den exakten Mondstand können Sie mit Hilfe der Tabelle auf S. 88 ermitteln.

Jahr	☿	♀	♂	♃	♄	⛢	♆	♇
1900	♏ 30/240	♎ 18/198	♌ 28/148	♐ 16/256	♑ 3/273	♐ 12/252	♊ 29/ 89	♊ 17/ 77
1901	♏ 7/217	♑ 12/282	♐ 26/266	♑ 12/282	♑ 13/283	♐ 16/256	♋ 1/ 91	♊ 18/ 78
1902	♏ 13/223	♏ 23/233	♍ 15/165	♒ 11/311	♑ 23/293	♐ 20/260	♋ 3/ 93	♊ 19/ 79
1903	♏ 24/234	♎ 9/189	♑ 12/282	♓ 14/344	♒ 4/304	♐ 24/264	♋ 6/ 96	♊ 20/ 80
1904	♐ 7/247	♑ 0/270	♍ 29/179	♈ 21/ 21	♒ 15/315	♐ 28/268	♋ 8/ 98	♊ 21/ 81
1905	♐ 16/256	♏ 5/215	♒ 1/301	♊ 2/ 62	♒ 26/326	♑ 2/272	♋ 10/100	♊ 22/ 82
1906	♐ 15/255	♐ 13/253	♎ 12/192	♋ 10/100	♓ 8/338	♑ 6/276	♋ 12/102	♊ 23/ 83
1907	♏ 16/226	♐ 12/252	♒ 23/323	♌ 13/133	♓ 21/351	♑ 10/280	♋ 15/105	♊ 24/ 84
1908	♏ 8/218	♎ 19/199	♎ 26/206	♍ 12/162	♈ 4/ 4	♑ 14/284	♋ 17/107	♊ 25/ 85
1909	♏ 18/228	♑ 13/283	♓ 29/359	♎ 7/187	♈ 17/ 17	♑ 18/288	♋ 19/109	♊ 26/ 86
1910	♏ 29/239	♏ 24/234	♏ 8/218	♏ 2/212	♉ 1/ 31	♑ 22/292	♋ 21/111	♊ 27/ 87
1911	♐ 10/250	♎ 9/189	♊ 4/ 64	♏ 25/235	♉ 16/ 46	♑ 26/296	♋ 24/114	♊ 29/ 89
1912	♐ 18/258	♑ 1/271	♏ 22/232	♐ 20/260	♊ 1/ 61	♒ 0/300	♋ 26/116	♊ 30/ 90
1913	♐ 6/246	♏ 6/216	♋ 24/114	♑ 16/286	♊ 16/ 76	♒ 4/304	♋ 28/118	♋ 1/ 91
1914	♏ 7/217	♐ 9/249	♐ 5/245	♒ 15/315	♋ 1/ 91	♒ 8/308	♌ 0/120	♋ 2/ 92
1915	♏ 11/221	♐ 13/253	♌ 20/140	♓ 19/349	♋ 16/106	♒ 12/312	♌ 3/123	♋ 3/ 93
1916	♏ 23/233	♎ 19/199	♐ 20/260	♈ 27/ 27	♌ 1/121	♒ 16/316	♌ 5/125	♋ 4/ 94
1917	♐ 5/245	♑ 13/283	♍ 9/159	♊ 8/ 68	♌ 14/134	♒ 20/320	♌ 7/127	♋ 5/ 95
1918	♐ 15/255	♏ 25/235	♑ 6/276	♋ 15/105	♌ 28/148	♒ 24/324	♌ 9/129	♋ 6/ 96

1919	♐ 17/257	♎ 9/189	♍ 24/174	♌ 18/138	♍ 11/161	♒ 28/328	♌ 12/132	♋ 7/ 97
1920	♏ 20/230	♑ 2/272	♑ 23/293	♍ 16/166	♍ 23/173	♓ 2/332	♌ 14/134	♋ 9/ 99
1921	♏ 7/217	♏ 6/216	♎ 8/188	♎ 11/191	♎ 5/185	♓ 6/336	♌ 16/136	♋ 10/100
1922	♏ 16/226	♐ 6/246	♒ 14/314	♏ 5/215	♎ 16/196	♓ 10/340	♌ 18/138	♋ 11/101
1923	♏ 27/237	♐ 13/253	♎ 20/200	♏ 29/239	♎ 27/207	♓ 14/344	♌ 20/140	♋ 12/102
1924	♐ 10/250	♎ 20/200	♓ 13/343	♐ 23/263	♏ 8/218	♓ 18/348	♌ 23/143	♋ 13/103
1925	♐ 18/258	♑ 13/283	♏ 4/214	♑ 20/290	♏ 18/228	♓ 22/352	♌ 25/145	♋ 15/105
1926	♐ 10/250	♏ 25/235	♉ 7/ 37	♒ 19/319	♏ 28/238	♓ 26/356	♌ 27/147	♋ 16/106
1927	♏ 10/220	♎ 9/189	♏ 16/226	♓ 24/354	♐ 8/248	♓ 30/360	♌ 29/149	♋ 17/107
1928	♏ 10/220	♑ 2/272	♋ 9/ 99	♉ 3/ 33	♐ 19/259	♈ 4/ 4	♍ 1/151	♋ 18/108
1929	♏ 21/231	♏ 7/217	♐ 0/240	♊ 13/ 73	♐ 29/269	♈ 8/ 8	♍ 4/154	♋ 19/109
1930	♐ 3/243	♐ 2/242	♌ 12/132	♋ 20/110	♑ 9/279	♈ 12/ 12	♍ 6/156	♋ 21/111
1931	♐ 13/253	♐ 14/254	♐ 14/254	♌ 22/142	♑ 19/289	♈ 16/ 16	♍ 8/158	♋ 22/112
1932	♐ 18/258	♎ 20/200	♍ 2/152	♍ 20/170	♑ 30/300	♈ 20/ 20	♍ 10/160	♋ 23/113
1933	♏ 26/236	♑ 13/283	♐ 30/270	♎ 15/195	♒ 11/311	♈ 24/ 24	♍ 12/162	♋ 25/115
1934	♏ 7/217	♏ 26/236	♍ 18/168	♏ 8/218	♒ 22/322	♈ 28/ 28	♍ 14/164	♋ 26/116
1935	♏ 14/224	♎ 9/189	♑ 16/286	♐ 2/242	♓ 4/334	♉ 3/ 33	♍ 17/167	♋ 27/117
1936	♏ 27/237	♑ 3/273	♎ 3/183	♐ 27/267	♓ 16/346	♉ 7/ 37	♍ 19/169	♋ 29/119
1937	♐ 8/248	♏ 8/218	♒ 5/305	♑ 24/294	♓ 29/359	♉ 11/ 41	♍ 21/171	♌ 0/120
1938	♐ 17/257	♏ 28/238	♎ 16/196	♒ 24/324	♈ 12/ 12	♉ 15/ 45	♍ 23/173	♌ 1/121
1939	♐ 14/254	♐ 15/255	♒ 30/330	♓ 29/359	♈ 26/ 26	♉ 20/ 50	♍ 25/175	♌ 3/123
1940	♏ 12/222	♎ 21/201	♎ 29/209	♉ 9/ 39	♉ 10/ 40	♉ 24/ 54	♍ 27/177	♌ 4/124
1941	♏ 9/219	♑ 13/283	♈ 12/ 12	♊ 19/ 79	♉ 25/ 55	♉ 28/ 58	♍ 29/179	♌ 6/126
1942	♏ 19/229	♏ 27/237	♏ 12/222	♋ 25/115	♊ 10/ 70	♊ 3/ 63	♎ 1/181	♌ 7/127
1943	♐ 1/241	♎ 9/189	♊ 19/ 79	♌ 26/146	♊ 25/ 85	♊ 7/ 67	♎ 4/184	♌ 9/129
1944	♐ 13/253	♑ 3/273	♏ 25/235	♍ 23/173	♋ 10/100	♊ 12/ 72	♎ 6/186	♌ 10/130
1945	♐ 19/259	♏ 8/218	♌ 2/122	♎ 18/198	♋ 25/115	♊ 16/ 76	♎ 8/188	♌ 12/132

Jahr	☿	♀	♂	♃	♄	♅	♆	♇
1946	♐ 2/242	♏ 24/234	♐ 9/249	♏ 12/222	♌ 9/129	♊ 21/ 81	♎ 10/190	♌ 13/133
1947	♏ 7/217	♐ 15/255	♌ 25/145	♐ 6/246	♌ 22/142	♊ 25/ 85	♎ 12/192	♌ 15/135
1948	♏ 13/223	♎ 21/201	♐ 24/264	♑ 1/271	♍ 5/155	♊ 30/ 90	♎ 14/194	♌ 17/137
1949	♏ 25/235	♑ 13/283	♍ 13/163	♑ 28/298	♍ 18/168	♋ 4/ 94	♎ 16/196	♌ 18/138
1950	♐ 6/246	♏ 27/237	♑ 10/280	♒ 29/329	♍ 30/180	♋ 9/ 99	♎ 18/198	♌ 20/140
1951	♐ 15/255	♎ 9/189	♍ 27/177	♈ 4/ 4	♎ 11/191	♋ 14/104	♎ 21/201	♌ 22/142
1952	♐ 16/256	♑ 4/274	♑ 28/298	♉ 14/ 44	♎ 23/203	♋ 18/108	♎ 23/203	♌ 23/143
1953	♏ 17/227	♏ 9/219	♎ 11/191	♊ 25/ 85	♏ 3/213	♋ 23/113	♎ 25/205	♌ 25/145
1954	♏ 8/218	♏ 20/230	♒ 19/319	♋ 30/120	♏ 14/224	♋ 28/118	♎ 27/207	♌ 27/147
1955	♏ 17/227	♐ 16/256	♎ 23/203	♍ 0/150	♏ 24/234	♌ 2/122	♎ 29/209	♌ 29/149
1956	♐ 0/240	♎ 22/202	♓ 22/352	♍ 27/177	♐ 4/244	♌ 7/127	♏ 1/211	♍ 0/150
1957	♐ 11/251	♑ 14/284	♏ 7/217	♎ 21/201	♐ 14/254	♌ 12/132	♏ 3/213	♍ 2/152
1958	♐ 18/258	♏ 28/238	♉ 23/ 53	♏ 15/225	♐ 24/264	♌ 16/136	♏ 5/215	♍ 4/154
1959	♐ 8/248	♎ 9/189	♏ 20/230	♐ 9/249	♑ 5/275	♌ 21/141	♏ 7/217	♍ 6/156
1960	♏ 8/218	♑ 4/274	♋ 19/109	♑ 5/275	♑ 15/285	♌ 26/146	♏ 10/220	♍ 8/158
1961	♏ 11/221	♏ 10/220	♐ 4/244	♒ 2/302	♑ 25/295	♍ 0/150	♏ 12/222	♍ 10/160
1962	♏ 22/232	♏ 16/226	♌ 17/137	♓ 4/334	♒ 6/306	♍ 5/155	♏ 14/224	♍ 12/162
1963	♐ 4/244	♐ 17/257	♐ 18/258	♈ 10/ 10	♒ 17/317	♍ 10/160	♏ 16/226	♍ 14/164
1964	♐ 15/255	♎ 23/203	♍ 7/157	♉ 20/ 50	♒ 29/329	♍ 14/164	♏ 18/228	♍ 16/166
1965	♐ 18/258	♑ 14/284	♑ 4/274	♊ 30/ 90	♓ 11/341	♍ 19/169	♏ 20/230	♍ 18/168
1966	♏ 23/233	♏ 29/239	♍ 22/172	♌ 4/124	♓ 23/353	♍ 24/174	♏ 22/232	♍ 20/170
1967	♏ 7/217	♎ 10/190	♑ 20/290	♍ 4/154	♈ 6/ 6	♍ 28/178	♏ 24/234	♍ 22/172
1968	♏ 16/226	♑ 5/275	♎ 6/186	♎ 0/180	♈ 20/ 20	♎ 3/183	♏ 26/236	♍ 25/175
1969	♏ 28/238	♏ 10/220	♒ 10/310	♎ 25/205	♉ 4/ 34	♎ 7/187	♏ 28/238	♍ 27/177
1970	♐ 9/249	♏ 13/223	♎ 19/199	♏ 19/229	♉ 19/ 49	♎ 12/192	♐ 0/240	♍ 29/179
1971	♐ 17/257	♐ 17/257	♓ 7/337	♐ 13/253	♊ 4/ 64	♎ 16/196	♐ 3/243	♎ 1/181

1973	♏ 11/221	♑ 14/284	♈ 26/ 26	♒ 6/306	♋ 4/ 94	♎ 25/205	♐ 7/247	♎ 6/186
1974	♏ 10/220	♏ 29/239	♏ 15/225	♓ 8/338	♋ 19/109	♎ 30/210	♐ 9/249	♎ 8/188
1975	♏ 20/230	♎ 10/190	♋ 2/ 92	♈ 16/ 16	♌ 3/123	♏ 4/214	♐ 11/251	♎ 11/191
1976	♐ 3/243	♑ 5/275	♏ 29/239	♉ 26/ 56	♌ 17/137	♏ 9/219	♐ 13/253	♎ 13/193
1977	♐ 14/254	♏ 11/221	♌ 8/128	♋ 5/ 95	♍ 0/150	♏ 13/223	♐ 15/255	♎ 16/196
1978	♐ 18/258	♏ 9/219	♐ 12/252	♌ 9/129	♍ 13/163	♏ 17/227	♐ 17/257	♎ 18/198
1979	♏ 29/239	♐ 18/258	♌ 30/150	♍ 8/158	♍ 25/175	♏ 22/232	♐ 19/259	♎ 21/201
1980	♏ 7/217	♎ 24/204	♐ 28/268	♎ 4/184	♎ 7/187	♏ 26/236	♐ 21/261	♎ 23/203
1981	♏ 14/224	♑ 13/283	♍ 16/166	♎ 28/208	♎ 18/198	♐ 0/240	♐ 24/264	♎ 26/206
1982	♏ 26/236	♐ 0/240	♑ 14/284	♏ 22/232	♎ 29/209	♐ 4/244	♐ 26/266	♎ 28/208
1983	♐ 7/247	♎ 10/190	♎ 0/180	♐ 16/256	♏ 9/219	♐ 9/249	♐ 28/268	♏ 1/211
1984	♐ 17/257	♑ 6/276	♒ 2/302	♑ 12/282	♏ 20/230	♐ 13/253	♐ 30/270	♏ 3/213
1985	♐ 15/255	♏ 12/222	♎ 14/194	♒ 11/311	♐ 0/240	♐ 17/257	♑ 2/272	♏ 6/216
1986	♏ 14/224	♏ 6/216	♒ 25/325	♓ 13/343	♐ 10/250	♐ 21/261	♑ 4/274	♏ 8/218
1987	♏ 8/218	♐ 19/259	♎ 27/207	♈ 21/ 21	♐ 20/260	♐ 25/265	♑ 6/276	♏ 11/221
1988	♏ 20/230	♎ 24/204	♈ 3/ 3	♊ 2/ 62	♑ 1/271	♐ 29/269	♑ 8/278	♏ 13/223
1989	♐ 1/241	♑ 13/283	♏ 10/220	♋ 10/100	♑ 11/281	♑ 3/273	♑ 11/281	♏ 16/226
1990	♐ 12/252	♐ 1/241	♊ 9/ 69	♌ 13/133	♑ 21/291	♑ 7/277	♑ 13/283	♏ 18/228
1991	♐ 18/258	♎ 10/190	♏ 23/233	♍ 12/162	♒ 2/302	♑ 11/281	♑ 15/285	♏ 21/231
1992	♐ 4/244	♑ 7/277	♋ 27/117	♎ 8/188	♒ 13/313	♑ 15/285	♑ 17/287	♏ 23/233
1993	♏ 8/218	♏ 12/222	♐ 7/247	♏ 2/212	♒ 24/324	♑ 19/289	♑ 19/289	♏ 25/235
1994	♏ 12/222	♏ 3/213	♌ 22/142	♏ 25/235	♓ 6/336	♑ 23/293	♑ 21/291	♏ 28/238
1995	♏ 24/234	♐ 19/259	♐ 21/261	♐ 20/260	♓ 18/348	♑ 27/297	♑ 23/293	♐ 0/240
1996	♐ 7/247	♎ 25/205	♍ 11/161	♑ 16/286	♈ 1/ 1	♒ 1/301	♑ 25/295	♐ 3/243
1997	♐ 16/256	♑ 13/283	♑ 7/277	♒ 15/315	♈ 14/ 14	♒ 5/305	♑ 28/298	♐ 5/245
1998	♐ 17/257	♐ 1/241	♍ 25/175	♓ 18/348	♈ 28/ 28	♒ 9/309	♑ 30/300	♐ 7/247
1999	♏ 19/229	♎ 11/191	♑ 24/294	♈ 27/ 27	♉ 13/ 43	♒ 13/313	♒ 2/302	♐ 10/250

Mondstand am 19. November

1900	♎	20/200	1925	♑	2/272	1950	♓	24/354	1975	♉	27/ 57
1901	♒	22/322	1926	♉	17/ 47	1951	♋	25/115	1976	♎	5/185
1902	♋	12/102	1927	♍	27/177	1952	♐	1/241	1977	♓	10/340
1903	♏	23/233	1928	♑	26/296	1953	♈	29/ 29	1978	♋	14/104
1904	♓	27/357	1929	♊	23/ 83	1954	♍	15/165	1979	♏	17/227
1905	♌	13/133	1930	♏	8/218	1955	♑	15/285	1980	♓	26/356
1906	♑	3/273	1931	♓	17/347	1956	♉	22/ 52	1981	♍	1/151
1907	♉	14/ 44	1932	♋	17/107	1957	♎	21/201	1982	♑	4/274
1908	♍	17/167	1933	♐	15/255	1958	♓	5/335	1983	♉	7/ 37
1909	♒	4/304	1934	♈	29/ 29	1959	♋	5/ 95	1984	♍	18/168
1910	♊	24/ 84	1935	♍	6/156	1960	♏	12/222	1985	♒	22/322
1911	♏	4/214	1936	♑	7/277	1961	♈	12/ 12	1986	♊	24/ 84
1912	♓	7/337	1937	♊	6/ 66	1962	♌	25/145	1987	♎	27/207
1913	♋	26/116	1938	♎	21/201	1963	♐	25/265	1988	♓	10/340
1914	♐	15/255	1939	♒	26/326	1964	♉	3/ 33	1989	♌	13/133
1915	♈	25/ 25	1940	♊	28/ 88	1965	♎	5/185	1990	♐	14/254
1916	♌	26/146	1941	♏	26/236	1966	♒	15/315	1991	♈	18/ 18
1917	♑	18/288	1942	♈	12/ 12	1967	♊	16/ 76	1992	♍	3/153
1918	♊	5/ 65	1943	♌	16/136	1968	♎	23/203	1993	♒	3/303
1919	♎	16/196	1944	♐	20/260	1969	♓	26/356	1994	♊	4/ 64
1920	♒	16/316	1945	♉	17/ 47	1970	♌	5/125	1995	♎	8/188
1921	♋	10/100	1946	♎	3/183	1971	♐	6/246	1996	♒	25/325
1922	♏	26/236	1947	♒	5/305	1972	♈	14/ 14	1997	♋	23/113
1923	♈	6/ 6	1948	♊	10/ 70	1973	♍	18/168	1998	♏	24/234
1924	♌	6/126	1949	♏	8/218	1974	♑	24/294	1999	♓	28/358

Diese Mondstände sind für den durch Greenwich verlaufenden Nullmeridian auf 0 Uhr Weltzeit (WZ) berechnet. Da der Mond innerhalb einer Stunde seine Stellung im Tierkreis um etwa ein halbes Grad (in einem Tag um 14 Grad) verändert, müssen Sie für Ihr persönliches Horoskop den genauen Mondstand nach der Ortszeit Ihrer Geburt berechnen.

Dazu müssen Sie zuerst Ihre in Mitteleuropäischer Zeit (MEZ) angegebene Geburtszeit in Weltzeit umwandeln, indem Sie ganz einfach eine Stunde abziehen. Wenn Sie in einem Jahr mit Sommerzeit (*Deutschland und Österreich:* 1940, 1941; *Schweiz* keine Veränderung) geboren sind, müssen Sie zwei Stunden abziehen.

Die Ortszeit (OZ) hängt von der geographischen Länge eines Ortes ab. Für jedes Grad östlicher Länge (vom Nullmeridian) müssen Sie zur Weltzeit 4 Minuten hinzuzählen. Wenn Sie die Länge Ihres Geburtsorts nicht kennen, sehen Sie in der Ortstabelle auf den Seiten 90/91 nach, ob der Ort dort aufgeführt ist. Falls nicht, wählen Sie einen auf dem gleichen Längengrad liegenden Ort (im Atlas nachsehen!) und zählen die dahinter angeführte Zahl von Minuten zu Ihrer in Weltzeit umgerechneten Geburtszeit hinzu. Jetzt kennen Sie den Zeitpunkt Ihrer Geburt in Ortszeit.

Die Ortszeit brauchen Sie, um Ihren Aszendenten und den genauen Mondstand für Ihr persönliches Horoskop ermitteln zu können. Zur Feststellung Ihres Aszendenten brauchen Sie lediglich auf unserer Grafik auf Seite 92 bei der errechneten Ortszeit nachzusehen.

Noch einmal ein wenig rechnen müssen Sie zur Ermittlung des Mondstands. Um Ihnen die Sache zu erleichtern, bringen wir unten eine Hilfstabelle. Tragen Sie zunächst Ihre Geburtszeit in Mitteleuropäischer Zeit (MEZ) in Spalte 1 ein. Ziehen Sie eine Stunde (in Jahren mit Sommerzeit 2 oder auch 3 Stunden) davon ab; jetzt haben Sie Ihre Geburtszeit in Weltzeit (WZ) für Spalte 2. Rechnen Sie aus oder schauen Sie in der Ortstabelle nach, wie viele Minuten je nach der geographischen Lage Ihres Geburtsorts hinzuzuzählen sind; tragen Sie die Minuten in Spalte 3 ein. Zählen Sie 2 (WZ) und 3 (Minuten) zusammen, damit erhalten Sie Ihre Geburtszeit in Ortszeit (OZ) für Spalte 4. Da der Mond seine Stellung im Tierkreis in jeder Stunde um rund ein halbes Grad verändert, müssen Sie, um die Ortszeit in Grad umzurechnen, die Ortszeit durch 2 teilen. Tragen Sie das Ergebnis in Spalte 5 ein. In Spalte 6 übernehmen Sie aus der Tabelle auf Seite 88 den auf 0 Uhr WZ berechneten Mondstand für Ihr Geburtsjahr. Zu diesen Werten zählen Sie die Grade hinzu, die Sie in Spalte 5 errechnet haben. Liegt das Ergebnis bei der Zahl links vom

Hilfstabelle zur Berechnung des Mondstands

Geburtszeit				Grad	Mondstand	
1	2	3	4	5	6	7
MEZ	WZ	Minuten	OZ	OZ:2	Tabelle	tatsächlich
	=	+	=	½	/	= /

Schrägstrich über 30, ziehen Sie davon 30 ab und setzen das nächste Tierkreiszeichen ein (siehe Tabelle Seite 75). Jetzt kennen Sie den genauen Mondstand zum Zeitpunkt Ihrer Geburt; tragen Sie den Stand in Spalte 7 ein. Diese Werte übernehmen Sie für die Gestirnstandliste auf Seite 82.

Beispiel

Geboren um 16.30 Uhr MEZ in Basel. 16.30 MEZ – 1 Stunde = 15.30 WZ. Hinzuzurechnen für Basel laut Ortstabelle 30 Minuten = 0.30 Stunden, also: 15.30 WZ + 0.30 = 16.00 OZ. 16 Stunden : 2 = 8 Grad, soviel muß zu den Gradangaben in der Mondstandstabelle hinzugezählt werden. Dort finden wir beispielsweise für den 1. 4. 1928 : ♍ 01/151. Wenn wir 8 Grad dazuzählen, erhalten wir ♍ 09/159. Erreicht das Ergebnis links vom Schrägstrich einen höheren Wert als 30, wird 30 abgezogen und das nächstfolgende Tierkreiszeichen eingesetzt, also z. B. für das Jahr 1929: ♐ 27/267 + 8 = ♐ 35/275 = ♑ 05/275. Für unser Rechenbeispiel sieht der Eintrag in der Hilfstabelle bei einer Geburt am 1. 4. 1928, 16.30 Uhr MEZ in Basel folgendermaßen aus:

1	2	3	4	5	6	7
16.30	= 15.30 +	0.30	= 16.00 ½	8°	♍ 01/151	= ♍ 09/159

Ortstabelle für den deutschsprachigen Raum

Zur Ermittlung von Mondstand und Aszendent Ihres persönlichen Horoskops müssen Sie die Ortszeit Ihrer Geburt kennen, die von der geographischen Länge Ihres Geburtsorts abhängt. Wenn Sie in der folgenden Tabelle Ihren Geburtsort nicht verzeichnet finden, suchen Sie eine ungefähr auf dem gleichen Längenkreis liegende Stadt (im Atlas nachsehen!) und zählen die dort angegebene Zahl von Minuten zu Ihrer in Weltzeit (WZ) umgerechneten Geburtszeit hinzu. Für jedes Grad östlicher Länge sind 4 Minuten zu addieren.

ORT	Min.	ORT	Min.	ORT	Min.
Aachen	24	Apolda	46	Baden-Baden	33
Aarau	32	Arosa	39	Bamberg	44
Allenstein	82	Aschaffenburg	37	Basel	30
Ansbach	42	Augsburg	44	Bautzen	58

ORT	Min.	ORT	Min.	ORT	Min.
Bayreuth	46	Göttingen	40	Mülheim/R.	32
Berlin	54	Gotha	43	München	46
Bern	30	Graz	69	Münster	31
Bielefeld	34	Hagen	30	Nordhausen	43
Bochum	29	Halberstadt	44	Nördlingen	42
Bonn	28	Halle/S.	44	Nürnberg	44
Bozen	45	Hamburg	40	Oldenburg	33
Brandenburg	50	Hannover	39	Osnabrück	32
Braunschweig	42	Heidelberg	35	Passau	54
Bregenz	39	Heilbronn	37	Pirmasens	30
Bremen	35	Helgoland	32	Plauen	49
Breslau	68	Hildesheim	40	Regensburg	48
Celle	40	Hof	48	Rosenheim	48
Chemnitz	52	Ingolstadt	46	Rostock	49
Cham	34	Innsbruck	46	Saarbrücken	28
Chur	38	Jena	46	Salzburg	52
Cottbus	57	Kaiserslautern	31	Schleswig	38
Danzig	75	Karlsruhe	34	Schweinfurt	41
Darmstadt	35	Kassel	38	Schwerin	46
Davos	39	Kempten	41	Speyer	34
Dessau	49	Kiel	41	Stettin	58
Dortmund	30	Klagenfurt	57	Steyr	58
Dresden	55	Köln	27	St. Gallen	38
Duisburg	27	Königsberg	82	Stralsund	52
Düsseldorf	27	Konstanz	37	Straßburg	31
Eisenach	41	Krefeld	26	Stuttgart	37
Emden	29	Kufstein	49	Traunstein	42
Erfurt	44	Lausanne	27	Trier	27
Erlangen	44	Leipzig	50	Ulm	40
Essen	28	Leoben	60	Vaduz	38
Esslingen	37	Lindau	39	Villach	55
Feldkirch	38	Linz	57	Weimar	45
Flensburg	37	Lübeck	43	Wesermünde	34
Frankfurt/M.	35	Ludwigshafen	34	Wien	66
Frankfurt/O.	58	Luxemburg	25	Wiesbaden	33
Freiburg/Br.	31	Luzern	33	Wittenberg	51
Freising	47	Magdeburg	47	Worms	34
Genf	25	Mainz	33	Würzburg	40
Gera	48	Mannheim	34	Zürich	34
Gießen	35	Marburg	35	Zweibrücken	29
Görlitz	60	Memel	84	Zwickau	50

Ihr Aszendent am 19. November

Wenn Sie nach der Anleitung auf den Seiten 88 und 89 Ihre Ihnen in Mitteleuropäischer Zeit (MEZ) bekannte Geburtszeit in Ortszeit (OZ) umgerechnet haben, können Sie entsprechend der ermittelten Ortszeit auf der folgenden Grafik Ihren Aszendenten direkt ablesen. Die Übergangszeiten von einem Tierkreiszeichen zum anderen sind Durchschnittswerte, die im Laufe der Jahre um einige Minuten differieren. Praktisch fällt das freilich kaum ins Gewicht, da die Geburtszeit nur selten auf die Minute genau bekannt ist.

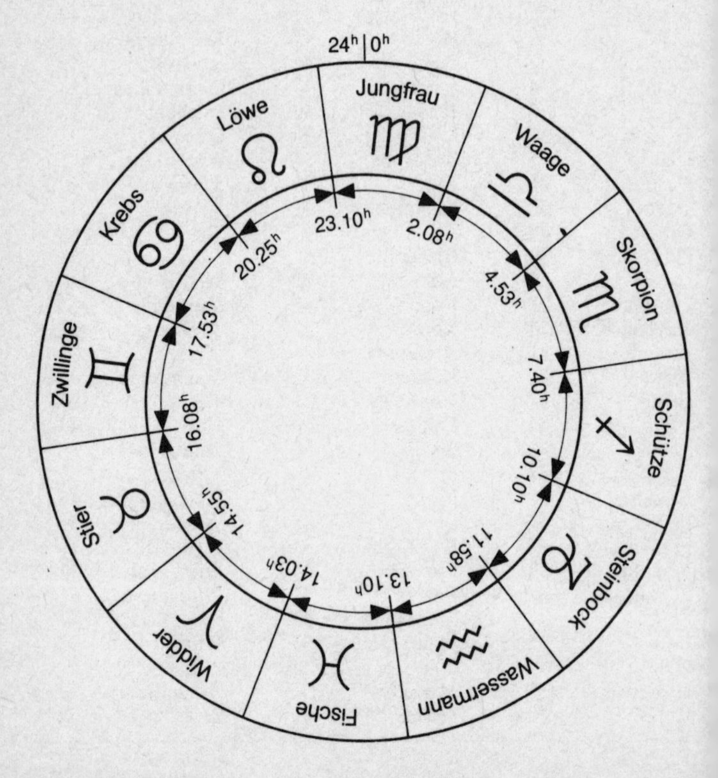

Die Deutung Ihres persönlichen Horoskops

Wie Sie durch das Tierkreiszeichen geprägt sind, in dem zum Zeitpunkt Ihrer Geburt die Sonne stand, haben Sie bereits im ersten Teil dieses Buches erfahren. Dort haben wir Ihnen auch gesagt, wie diese Prägekraft durch den Einfluß Ihres Aszendenten abgewandelt wird. Sonnenzeichen und Aszendent sind zwar die wichtigsten, aber bei weitem nicht die einzigen Elemente des Horoskops. Jede Aussage, die sich nur auf sie stützt, läßt eine Vielzahl von persönlichen Gegebenheiten außer Betracht; deren wichtigste spiegeln sich in den Gestirnständen des Individualhoroskops und den sich daraus ergebenden Aspekten, d. h. den Winkeln, die die Gestirne am Himmel und im Horoskop miteinander bilden.

Obwohl wir Sie nicht im »Schnellverfahren« zum Fachmann machen können, haben wir Ihnen doch auf den vorangegangenen Seiten die Hilfsmittel an die Hand gegeben, mit denen Sie Ihr persönliches Geburtshoroskop erstellen konnten. Zwar ist das Ergebnis nicht so präzis und ausführlich wie ein vom Fachastrologen erstelltes Horoskop, doch lassen sich auch daraus zahlreiche Aussagen ableiten, die weit über die Auskünfte der sogenannten Vulgärastrologie in Zeitungen und Zeitschriften hinausgehen. Damit Sie aus Ihrem persönlichen Horoskop Einsichten über sich gewinnen können, bringen wir auf den folgenden Seiten Deutungstabellen für die Gestirnstände und die Aspekte.

Als Grundlage für Ihre Horoskopdeutung nehmen Sie den ersten Teil unseres Buches, in dem Ihre allgemeine Prägung durch das Sonnenzeichen und den Aszendenten dargestellt ist. Darauf aufbauend fügen Sie die Aussagen zu den Gestirnständen und Aspekten Ihres persönlichen Horoskops wie ein Puzzle Stück für Stück zusammen. Praktisch gehen Sie dabei am besten so vor, daß Sie zunächst den Listen auf den Seiten 82 und 83 alle Gestirnstände und Aspekte Ihres persönlichen Horoskops entnehmen und daneben Punkt für Punkt die Aussagen niederschreiben, die Sie den Deutungstabellen entnehmen können. Vergleichen Sie dann alle Aussagen untereinander und mit den Auskünften, die Sie im ersten Teil unseres Buches erhalten haben. Übereinstimmungen weisen darauf hin, daß diese Aussagen für Sie von besonderem Gewicht sind. Widersprüche müssen nicht unbedingt sinnlos sein oder auf eine falsche Horoskopberechnung zurückgehen: Die meisten Menschen sind in mehr als einer Hinsicht voller Widersprüche, können beispielsweise sich im großen und ganzen rücksichtsvoll verhalten, aber in bestimmten Situationen sehr egoistisch und ungerecht reagieren. Bei ehrlicher Selbstprüfung werden Sie fast immer erkennen, daß Widersprüchlichkeiten in den Horoskopaussagen auf tatsächlich vorhandene Widersprüche bei Ihnen verweisen.

Lassen Sie sich Zeit bei der Deutung Ihres Horoskops, wägen Sie alle Aussagen gewissenhaft untereinander ab, und seien Sie sich selbst gegenüber ehrlich – auch und gerade dann, wenn Sie zu Einsichten kommen, die Ihnen nicht sonderlich schmeicheln. Denken Sie daran: Fehler und Schwächen kann man nur ausmerzen, wenn man sie erkennt und sie sich eingesteht. Nutzen Sie die Ihnen durch die Astrologie gebotene Möglichkeit, Ihre im Horoskop gespiegelten Stärken und Schwächen besser zu erkennen, neue Einsichten über sich zu gewinnen und mit Hilfe dieser Erkenntnisse Ihr Leben befriedigender und erfolgreicher zu gestalten!

Gestirnstände im Tierkreis

☽ MOND

Im Zeichen Widder: Energisch, impulsiv, eigenwillig, ehrgeizig, ichbezogen, aber auch unbedacht, wenig selbstkritisch und wenig anpassungsfähig. Durch voreiliges Handeln Verletzungsgefahr (Brüche, Verbrennungen usw.); Neigung zu Fieberanfällen und plötzlich auftretenden Erkrankungen.

Im Zeichen Stier: Gesellig, umgänglich, sinnenfreudig, oft kunstsinnig und charmant, manchmal sinnlich und von starker Erotik. Nicht selten übermäßig besitzergreifend und recht konservativ.

Im Zeichen Zwillinge: Geistig wendig, erlebnishungrig, reisefreudig, leicht beeindruckbar, sucht anregende Abwechslung. Manchmal oberflächlich, wenig ausdauernd, launenhaft und entschlußschwach, nervlich nicht sonderlich belastbar.

Im Zeichen Krebs: Sensibel, phantasievoll, fürsorglich, häuslich, häufig traditionsverhaftet und recht konservativ. Schließt sich gern anderen an. Nach außen freundlich, zurückhaltend, manchmal aber auch launenhaft.

Im Zeichen Löwe: Frohnatur mit ausgeprägtem Ich-Gefühl, offen und leidenschaftlich, kunstsinnig, gibt sich meist verbindlich. Leicht verletzbar. Kann aber auch eitel, überheblich und großspurig sein und pompöses Gehabe an den Tag legen.

Im Zeichen Jungfrau: Redegewandt, kritisch, geschäftstüchtig, aber ichbezogen, seelisch eher verschlossen, auf Distanz und die Wahrung konventioneller Formen bedacht. Leicht verletzlich. Bereitet sich manchmal durch übertriebene Sorgen Unsicherheit und Gesundheitsstörungen.

Im Zeichen Waage: Höflich, umgänglich, diplomatisch, redegewandt, künstlerische Neigungen, aber nicht unbedingt kreativ. Häufig wenig ausdauernd und entschlußschwach; unter Streß manchmal launenhaft und überkritisch.

Im Zeichen Skorpion: Zäh, energisch, tüchtig, leidenschaftlich, ehrlich, selbstkritisch. Häufig traditionsverhaftet, anderen gegenüber verschlossen und im Umgang eher schroff; auch launenhaft und bei verletztem Stolz sehr nachtragend.

Im Zeichen Schütze: Freiheitsliebend, impulsiv, flüssig im Ausdruck, beweglich bis rastlos, meist wenig ausdauernd, in materiellen Dingen unbedacht bis waghalsig. Oft aufrichtig bis zur Selbstschädigung. Fähigkeit zu intuitiven Einsichten.

Im Zeichen Steinbock: Zurückhaltend, ordnungsliebend, fleißig, gesunder Menschenverstand. Reagiert oft langsam auf Neues, unter Fremden unsicher bis schüchtern. Neigung zum Grübeln und zu Depressionen; kann nur schwer vergessen.

Im Zeichen Wassermann: Aufgeschlossen, kontaktfreudig, reiselustig, oft künstlerische und literarische Neigungen. Individualist, originell bis exzentrisch, unter Belastung nicht selten nervlich labil und unberechenbar. Manchmal innerlich einsam.

Im Zeichen Fische: Phantasie- und gemütvoll, beeindruckbar, intuitives Verständnis für andere. Wirkt oft verträumt bis phlegmatisch, entschlußschwach. Manchmal leicht zu entmutigen, launenhaft, nicht immer ehrlich. Sollte immer wieder von außen ermutigt werden.

☿ MERKUR

Im Zeichen Widder: Offen, selbstsicher, schlagfertig, ehrgeizig, gewandt im Ausdruck. Manchmal unüberlegt, aggressiv, kann andere verletzen. Tendenz zur Selbstüberschätzung, in den Planungen wenig gründlich und zu unbedachten Risiken bereit.

Im Zeichen Stier: Praktisch veranlagt, gründlich, ausdauernd, konservativ. Hat oft Sinn für Schönheit und Kunst (Musik). Eher gefühls- als verstandesbetont. Wenig flexibel bis starrsinnig. Lernt nicht leicht, hat aber ein gutes Gedächtnis.

Im Zeichen Zwillinge: Schlagfertig, beredt, geistig wendig, ideenreich, vielseitig interessiert, oft Fremdsprachenbegabung. Manchmal auch oberflächlich, leichtsinnig, bedenkenlos, durchtrieben, rasch wechselnde Meinungen, unzuverlässig.

Im Zeichen Krebs: Phantasie- und gefühlvoll, diplomatisch, gutes Gedächtnis. Manchmal nachtragend und engstirnig, etwas wirklichkeitsfremd, eher an der Vergangenheit als an den aktuellen Problemen und Erfordernissen der Gegenwart interessiert. Kann unter Fremden scheu und unsicher wirken.

Im Zeichen Löwe: Umgänglich, lebensfroh, selbstbewußt, ideenreich, ehrgeizig, hat Organisationstalent und Überzeugungskraft, strebt Führungsrolle an. Gefahr der Selbstüberschätzung, Neigung zu Jähzorn und Arroganz, Tendenz zum Bluffen.

Im Zeichen Jungfrau: Wendig, sachlich, gewissenhaft, kritisch. Manchmal allzu nüchtern und pedantisch, überkritisch nörgelnd, kleinkariert, auch geschwätzig; kann dann recht taktlos sein. Häufig Interesse an exakten Wissenschaften, Medizin und Ernährungswissenschaft.

Im Zeichen Waage: Vernunftbestimmt, kompromißbereit, ausdrucksgewandt, meist kunstsinnig. Gute Auffassungs- und Beobachtungsgabe, aber manchmal wenig gründlich, übersieht Unangenehmes. Gelegentlich auch oberflächlich und taktlos.

Im Zeichen Skorpion: Praktiker, scharfsinniger, gründlicher Denker, plant und handelt wirklichkeitsbezogen im Rahmen des Machbaren, findet oft intuitiv Problemlösungen. Eher wortkarg und ziemlich konservativ. Oft an Philosophie und Okkultismus interessiert. Gelegentlich unaufrichtig, sarkastisch und verletzend.

Im Zeichen Schütze: Offen, ideenreich, gerechtigkeitsliebend, flüssig im Ausdruck, selbstsicher, vorausschauend. Kann Anregungen gut zum eigenen Vorteil nützen. Manchmal auch überheblich, unzuverlässig, unkonzentriert.

Im Zeichen Steinbock: Systematisch, realistisch, kritisch, manchmal langsam in Denken und Gestik, phantasiearm, Neigung zum Grübeln und zu Depressionen, gelegentlich engstirnig und geizig, unaufrichtig und nachtragend.

Im Zeichen Wassermann: Ideenreich, intuitiv, umgänglich, freiheitsliebend, gute Urteilskraft, kann Sachverhalte gut erklären, hat meist ein gutes Gedächtnis. Zeigt wenig Gefühle. Manchmal voreilig im Reden und Handeln und eigensinnig.

Im Zeichen Fische: Gefühlsbetont, phantasievoll, gut im Ausdruck, meist gutherzig, aber Neigung zu Täuschung und Selbsttäuschung, empfindlich, auch vergeßlich. Wirkt nach außen hin oft verhalten, neigt zum Grübeln und zu Depressionen.

♀ VENUS

Im Zeichen Widder: Impulsiv, extravertiert, leidenschaftlich, selbstsicher, oft sportlich. Manchmal romantisch, in Liebe und Ehe wenig stabil, gelegentlich auch rastlos, bei ungünstigem Gesamthoroskop oberflächlich, rücksichtslos und streitsüchtig.

Im Zeichen Stier: Zärtlich, sinnlich, guter Gesellschafter, schönheitsliebend, schätzt die guten Dinge des Lebens (Gefahr von Übergewicht). Häufig besitzergreifend, leicht eifersüchtig, gelegentlich selbstsüchtig und verschwenderisch.

Im Zeichen Zwillinge: Liebt den Flirt und das Spekulieren, findet rasch Kontakt, hat vielseitige Bindungen. Zwischenmenschliche Beziehungen oft wenig stabil. Manchmal entscheidungsschwach und oberflächlich, auch berechnend.

Im Zeichen Krebs: Häuslich, fürsorglich, guter Gastgeber, phantasievoll, beeinflußbar. Geht nur zögernd Bindungen ein, ist treu. Manchmal Tendenz zu Gefühlsüberschwang und Launenhaftigkeit, sehr besitzergreifend.

Im Zeichen Löwe: Großherzig, aber egozentrisch, oft schöpferisch begabt. Stellt sich gern zur Schau, will andere beherrschen, steht gern im Mittelpunkt des Interesses. Neigung zu Genußsucht und Prachtliebe, Gefahr theatralischer Auseinandersetzungen.

Im Zeichen Jungfrau: Häufig kühl und verschlossen, anderen gegenüber überkritisch, berechnend; manchmal gehemmtes Gefühlsleben, Gefahr von Neurosen und Psychosen. Frühe erotische Enttäuschungen können zeitlebens nachwirken, wenn sie nicht seelisch aufgearbeitet, sondern lediglich ins Unbewußte abgedrängt werden.

Im Zeichen Waage: Kontaktfreudig, kunstliebend, oft kreativ, hat Geschmack, ist auf Harmonie bedacht. In zwischenmenschlichen Beziehungen manchmal wenig stabil. Hang zur Eitelkeit, Verschwendung, Verletzlichkeit und Rachsucht.

Im Zeichen Skorpion: Leidenschaftlich, oft sinnlich und triebstark, besitzergreifend und eifersüchtig. Liebt harmonische Schönheit, schätzt die guten Dinge des Lebens (Gefahr von Übergewicht), ist manchmal genußsüchtig.

Im Zeichen Schütze: Freiheitsliebend, oft wenig stabile zwischenmenschliche Beziehungen. Liebt meist Kunst und Musik. Findet rasch Kontakt. Ungewöhnliche erotische Bindungen möglich. Im Umgang mit Geld manchmal leichtsinnig.

Im Zeichen Steinbock: Zuverlässig, zurückhaltend mit Gefühlsäußerungen, meist treu, manchmal eifersüchtig. Oft tiefe Bindung an älteren oder sehr unterschiedlichen Partner. Enttäuschungen in der Partnerschaft möglich.

Im Zeichen Wassermann: Umgänglich, kontaktfreudig, freiheitsliebend, häufig unkonventionell. Zieht andere auf Distanz an, neigt zu freier Bindung oder später Heirat. Oft ziemlich flache Gefühlswelt.

Im Zeichen Fische: Tolerant, gefühlsbetont, hilfs- und opferbereit. Empfindsam, deshalb in materiellen Dingen oft unbedacht großzügig. Läuft Gefahr, ausgenützt zu werden.

♂ MARS

Im Zeichen Widder: Tatkräftig, vital, freiheitsliebend, starker Durchsetzungswille, oft starker Sexualtrieb. Neigung zu Ungeduld, Reizbarkeit, Egozentrik, Unbedachtsamkeit (Verletzungsgefahr).

Im Zeichen Stier: Entschlossen, selbstsicher, planend, auf materielle Absicherung bedacht. Fürsorglich, aber auch sehr besitzergreifend. Manchmal unnachgiebig, verliert selten die Fassung, ist dann aber schrecklich in seinem Zorn.

Im Zeichen Zwillinge: Vielseitig interessiert, geistig wendig, beredsam, rasche Auffassungsgabe. Häufig wenig ausdauernd und wechselnde Zielsetzung, deshalb Unstabilität und Brüche in Partnerschaft und Berufsleben möglich.

Im Zeichen Krebs: Ehrgeizig, ausdauernd, freiheitsliebend, eigenwillig, aber auch eigensinnig, aufbrausend und nicht immer offen. Schwankende Willens- und Gefühlskurven schaffen privat und beruflich oft Unruhe.

Im Zeichen Löwe: Ehrgeizig, begeisterungsfähig, hartnäckig, erfolgsorientiert, aber häufig sehr egozentrisch. Oft leidenschaftlicher Liebhaber, neigt zu Übertreibungen und zu forciertem Kräfteeinsatz bei Widerständen. Meist großzügig.

Im Zeichen Jungfrau: Verstandesorientiert, überlegt, geschäftstüchtig, manchmal überkritisch und reizbar. Gefahr der Verzettelung in Details und der mangelnden Ausdauer; Sorgen können zu psychosomatischen Erkrankungen führen.

Im Zeichen Waage: Gutmütig, verletzbar, rasch entflammbare Gefühle. Manchmal eitel und launisch, schwankende Willens- und Energiekurven. Ehrgeizig, aber wenig ausdauernd. Sucht Harmonie und Geborgenheit. Kann sich unwillentlich Feinde schaffen.

Im Zeichen Skorpion: Dynamisch und leidenschaftlich, oft manuell geschickt, kann Willen und Kräfte konzentriert einsetzen, dabei Gefahr der Rücksichtslosigkeit. Enttäuschungen wecken Rachsucht. Übertreibt manchmal beim Essen und Trinken.

Im Zeichen Schütze: Geistig wendig, tatkräftig, reise- und abenteuerlustig, oft sportlich und redegewandt. Manchmal wenig ausdauernd, voreilig, streitlustig, kritiksüchtig und offen bis zur Selbstschädigung.

Im Zeichen Steinbock: Ehrgeizig, willensstark, ausdauernd, gezielter Kräfteeinsatz; opfert notfalls das Privatleben dem sozialen und beruflichen Aufstieg. Kann aber auch rücksichtslos, egozentrisch, überheblich und unbeherrscht sein.

Im Zeichen Wassermann: Verstandesorientiert, oft wissenschaftlich interessiert, freiheitsliebend, impulsiv und eigenwillig, rasche Reaktionsfähigkeit. Starrsinn und Aufsässigkeit können zu Konflikten mit der Umwelt führen.

Im Zeichen Fische: Hilfsbereit, auf Harmonie bedacht, doch können Ängste und Unsicherheit zu aggressivem Verhalten führen. Tendenz zu Heimlichkeiten. Zersplitterung von Zielen und Kräften kann Mißerfolge bringen.

♃ JUPITER

Im Zeichen Widder: Optimistisch, tatkräftig, freiheits- und gerechtigkeitsliebend, setzt sich für Ideale ein, haßt Bevormundung. Oft impulsiv und ungeduldig, Neigung zur Starrköpfigkeit und zu unbedachtem Drängen.

Im Zeichen Stier: Zuverlässig, gutmütig, auf materielle Sicherung bedacht, beständig, zielstrebig, meist gutes Urteilsvermögen. Schätzt materielle Annehmlichkeiten, deshalb Gefahr der Genußsucht.

Im Zeichen Zwillinge: Wendig, vielseitig interessiert, auf Horizonterweiterung bedacht (meist sehr reisefreudig), erfinderisch, gewandt im Umgang. Gefahr der Oberflächlichkeit und Zersplitterung sowie rasch wechselnder Ansichten und Ziele.

Im Zeichen Krebs: Verständnisbereit, vorsichtig abwägend, auf materielle Sicherung bedacht, intuitiv, phantasievoll, aber auch geschäftstüchtig. Meist umgänglich und großzügig. Liebt Annehmlichkeiten (Gefahr von Ernährungsfehlern und Übergewicht).

Im Zeichen Löwe: Hilfsbereit, Organisations- und Führungstalent, offen, auf sozialen und beruflichen Aufstieg bedacht. Steht gern im Mittelpunkt. Gefahr der Großsprecherei, Vergnügungssucht und Extravaganz.

Im Zeichen Jungfrau: Sachlich-kritisch, gewissenhaft, oft übertrieben skeptisch. Liebt die Gesellschaft unkonventioneller Menschen. Bei ungünstigem Gesamthoroskop Gefahr der Unbedachtsamkeit; Anfälligkeit des Verdauungstrakts und der Leber.

Im Zeichen Waage: Gesellig, auf Ausgleich bedacht, selbstbewußt, oft künstlerisch begabt. Liebt verfeinerten Lebensstil, schätzt gute Partnerschaft. Oft wenig eigenständig, beeinflußbar, Gefahr von Selbsttäuschungen.

Im Zeichen Skorpion: Willensstark, ausdauernd, ehrgeizig, auf persönliche Durchsetzung bedacht, leidenschaftlich. Kann sich für andere energisch einsetzen, aber Gefahr der Egozentrik, Selbstüberschätzung und Überheblichkeit.

Im Zeichen Schütze: Optimistisch, an Neuem interessiert, oft sportlich, tierliebend, reisefreudig. Auf Ungebundenheit bedacht (Gefahr wiederholter Partner- und Stellungswechsel). Manchmal unbedachte Spielernatur.

Im Zeichen Steinbock: Verantwortungsbewußt, ehrgeizig, konventionell, ausdauernd, manchmal starrköpfig. Meist sparsam bis geizig. Oft mühevolle Entfaltung der eigenen Persönlichkeit und Erfolg nur durch harte Arbeit.

Im Zeichen Wassermann: Idealistisch, tolerant, meist gesellig, gerechtigkeitsliebend, selbständig. Förderung durch Freunde möglich; oft öffentliche Position. Manchmal schwankende Zielsetzung, Aufsässigkeit gegenüber Vorgesetzten.

Im Zeichen Fische: Gefühls- und phantasiebetont, mitfühlend, gastfreundlich, hilfs- und opferbereit, Neigung zu Okkultem und Mystischem. Gefahr der Unentschlossenheit, Unzuverlässigkeit und der Nachgiebigkeit sich selbst gegenüber.

♄ SATURN

Im Zeichen Widder: Organisatorisch begabt, erstrebt Führerrolle, scheut aber Verpflichtungen. Manchmal eigensinnig, überkritisch, ohne Geduld und Ausdauer. Kann egoistisch und rücksichtslos sein, neigt bei Rückschlägen zu Depressionen.

Im Zeichen Stier: Willensstarker Realist, methodisch, ausdauernd und vorsichtig, zuverlässig. Im Gefühlsausdruck verhalten, wirkt oft etwas langsam und lethargisch, im sprachlichen Ausdruck manchmal gehemmt. Sparsam bis geizig.

Im Zeichen Zwillinge: Verstandesorientiert, konzentriert, hält sich gewissenhaft an Spielregeln. Entwicklungshemmung durch frühe Probleme möglich. Manchmal überängstlich, gehemmt, entschlußschwach, Neigung zu Depressionen.

Im Zeichen Krebs: Konservativ, zurückhaltend, sparsam, auf Alterssicherung bedacht. Manchmal verlangsamte Entwicklung, Unzufriedenheit durch Enttäuschungen, dann Neigung zu Argwohn, Pessimismus und Selbstbemitleidung. Bei Rückschlägen Gefahr der Flucht in eine wirklichkeitsfremde Traumwelt.

Im Zeichen Löwe: Willensstark, zielstrebig, selbstbewußt, besitzergreifend, oft eifersüchtig und wenig zärtlich. Gefahr der Selbstüberschätzung und Rücksichtslosigkeit. Seelische Verhärtung und frühe Impotenz bzw. Frigidität möglich.

Im Zeichen Jungfrau: Methodisch, logisch, vorsichtig, praktisch und gewissenhaft, auf körperliche Fitneß und materielle Alterssicherung bedacht. Manchmal pedantisch; Zurückdrängung des Gefühlslebens möglich.

Im Zeichen Waage: Umgänglich, zuverlässig, geduldig, vernunftorientiert, gerechtigkeitsliebend, kann andere gut beurteilen. Oft künstlerisch begabt. Durch Gefühlshemmungen Anpassungsprobleme in Partnerschaft und Ehe möglich.

Im Zeichen Skorpion: Entschlossen, ausdauernd, oft überzeugungsstark. Meist wenig flexibel, Neigung zum Grübeln, zeigt tiefe Gefühle nur selten (Möglichkeit sexueller Hemmungen). Wünscht sich eine »Mission« im Leben.

Im Zeichen Schütze: Mutig, aufrichtig, offen, kann andere beeinflussen, erstrebt Führungsposition (oft in der Öffentlichkeit). Kann intensiv und ausdauernd lernen; häufig tiefe Gedankenwelt. Manchmal auch zynisch und taktlos.

Im Zeichen Steinbock: Ehrgeizig, diszipliniert, ernst und zäh. Häufig schwere Jugend und nur langsamer Aufstieg. Ist manchmal allzusehr auf Anerkennung durch die Umwelt bedacht; in solchen Fällen besteht die Gefahr eines egoistischen Machtstrebens, verbunden mit Arroganz und Eigensinn.

Im Zeichen Wassermann: Pragmatisch, scharfer Beobachter, kann andere beeinflussen. Unabhängigkeitsdrang kann zur Vereinsamung führen; häufig nur wenige gute Freunde. Origineller wissenschaftlicher Geist, oft an Okkultem interessiert.

Im Zeichen Fische: Anpassungsfähig, sehr sensibel, opferbereit, hält sich gern im Hintergrund. Manchmal unsicher, grüblerisch, wenig Durchsetzungsvermögen, macht sich unnötig Sorgen, leidet an tiefgründenden Angst- und Schuldgefühlen.

♅ URANUS

Im Zeichen Widder: Originell, willensstark, aber nicht unbedingt ausdauernd, erstrebt führende Position, freiheitsliebend. Hemmnisse können zu Gefühlsexplosionen führen. Wagemutig, manchmal unbedacht und unberechenbar.

Im Zeichen Stier: Entschlossen, arbeitsam, eigenwillig, hartnäckig. Oft bemerkenswerte Stimme. Manchmal zu wenig anpassungsbereit, starrköpfig und verbissen. Erkrankungen von Kehlkopf, Herz und Genitalsystem möglich.

Im Zeichen Zwillinge: Ideenreich, gewandt im Ausdruck, überzeugungsstark, origineller Denker, oft wissenschaftlich begabt. Manchmal Gefahr nervlicher Überreiztheit und Schwierigkeiten bei der Erreichung gesteckter Ziele.

Im Zeichen Krebs: Mitfühlend, empfindsam, beeindruckbar. Oft an schönem Zuhause und gutem Essen interessiert, künstlerisch oder musikalisch begabt. Manchmal unsicher, launisch, exzentrisch und unberechenbar.

Im Zeichen Löwe: Originell, oft Führungsqualitäten, die aber nicht immer richtig eingesetzt werden. Auf Unabhängigkeit bedacht, häufig künstlerisch begabt. Kann sich manchmal arrogant und ausgefallen benehmen, um zu beeindrucken.

Im Zeichen Jungfrau: Sich selbst und anderen gegenüber manchmal überkritisch, kann ausgefallene Ansichten über Gesundheit und Ernährung vertreten und ungewöhnliche Lebensweise, Diäten und Kuren verfechten (»Wunderheiler«).

Im Zeichen Waage: Ausdrucksstark, gerechtigkeitsliebend, starker Wunsch nach harmonischer Partnerschaft privat und beruflich; dennoch sind Partnerschaftsprobleme möglich, ebenso häufigere Auseinandersetzungen mit Freunden.

Im Zeichen Skorpion: Willensstark, klug bis schlau, kann sich für Sachen und Ideen einsetzen. Gefühlsstark, oft von magnetischer Anziehungskraft. Auf leibliche Genüsse bedacht. Gefahr von Gefühlsverklemmungen und Rachsucht.

Im Zeichen Schütze: Beweglich, umgänglich, entschlußfreudig, oft originell und planvoll handelnd. Schätzt kultivierten Genuß. Gefahr von Rastlosigkeit, Aufsässigkeit und nervlicher Überspanntheit; auf Mäßigung achten.

Im Zeichen Steinbock: Willensstarke Kämpfernatur mit Organisationstalent, oft starke, zielbewußte Persönlichkeit. Es besteht die Gefahr des Machthungers, der Rücksichtslosigkeit und Aufsässigkeit; manchmal Neigung zu Entgleisungen.

Im Zeichen Wassermann: Originell, ideenreich, selbständig, auf Harmonie und Gleichberechtigung bedacht. Meist umgänglich und beliebt. Hochgesteckte Ziele können nicht immer erreicht werden, Enttäuschungen möglich.

Im Zeichen Fische: Einfühlsam, verständnisvoll, anpassungsfähig (Gefahr des Ausgenütztwerdens). Eher passiv, oft idealistisch, religiös veranlagt. Besondere Begabung zum Ausdruck menschlicher Empfindungen.

♆ NEPTUN

Im Zeichen Zwillinge: Phantasievoll, idealistisch, aber häufig unpraktisch, Gefahr der Phantasterei, Neigung zu Engstirnigkeit und Schwatzhaftigkeit. Häufig Interesse für Okkultes, Mystisches, fremde Religionen.

Im Zeichen Krebs: Verträumt, oft wirklichkeitsfremd, liebt Luxus und materielle Annehmlichkeiten; häufig Interesse für Antiquitäten. Bei Frauen: Meist liebevoll, aber gelegentlich allzu nachsichtig (besonders als Mutter).

Im Zeichen Löwe: Freiheitsliebend, wagemutig, setzt sich oft für Ideale ein. Kann kreativ veranlagt sein. Durch ungünstige Aspekte kann die Gefahr schwächlicher Feigheit oder egoistischer Rücksichtslosigkeit angezeigt sein.

Im Zeichen Jungfrau: Verständnisvoll, intuitiv, steht orthodoxen Religionen und Anschauungen kritisch gegenüber. Oft Organisationstalent, aber auch Gefahr einer Neigung zu Bequemlichkeit und Gleichgültigkeit.

Im Zeichen Waage: Idealistisch, manchmal wirklichkeitsfremd, Hang zur Selbsttäuschung und Wirklichkeitsflucht (Alkohol-, Drogengefahr). Manchmal wenig ausgeprägtes Pflichtbewußtsein.

Im Zeichen Skorpion: Gerechtigkeitsliebend, oft daran interessiert, Verborgenes oder Mängel aufzudecken. Gefahr der Unaufrichtigkeit und Grausamkeit.

Im Zeichen Schütze: Scharfsinnig, geistig wendig, häufig großes Interesse für utopische Vorstellungen, aber auch allgemein für Geisteswissenschaften, Philosophie und Religion.

Im Zeichen Steinbock: Intuitiv und idealistisch, aber mit praktischer, realitätsbezogener Einstellung. Kann jedoch im persönlichen Bereich auch berechnend und unaufrichtig sein, um den eigenen Vorteil zu wahren.

♇ PLUTO

Im Zeichen Zwillinge: Scharfsichtig, scharfsinnig, selbstsicher, meist einfallsreich und wagemutig. Gefahr der Unstabilität im beruflichen und privaten Leben (Stellen- und Partnerwechsel).

Im Zeichen Krebs: Phantasievoll, einfühlsam, reiches Innenleben, oft gutes Gedächtnis. Setzt sich für neue Ideen ein. Gefahr der ichbezogenen Isolierung, der Intoleranz und Unzuverlässigkeit.

Im Zeichen Löwe: Kreativ, meist geschäftstüchtig und Wunsch nach Beeinflussung oder Beherrschung anderer Menschen. Manchmal sehr ichbezogen und empfindlich, gibt sich aus innerer Unreife arrogant und schwierig.

Im Zeichen Jungfrau: Meist selbstkritisch, denkt und handelt problemorientiert. Interessiert sich oft für Gesundheit, Medizin, Psychiatrie. Kann zu beachtlichen materiellen Erfolg kommen.

Im Zeichen Waage: Vorwiegend verstandesorientiert, ist bemüht, auftretende Probleme vernünftig zu lösen und störende Emotionen herauszuhalten.

Im Zeichen Skorpion: Mutig, entschlossen, tatkräftig, aber auch eigenwillig, manchmal fanatisch und verbissen. Sehr leidenschaftlich, gelegentlich drängende Triebhaftigkeit.

Anmerkung zu Neptun und Pluto: Diese Planeten brauchen sehr lange, um die Sonne einmal zu umrunden (Neptun über 164 Jahre, Pluto mehr als 247 Jahre). Deshalb haben sie, von der Erde aus gesehen, in unserem Jahrhundert nicht den ganzen Tierkreis durchlaufen. Unsere Übersicht bringt die von 1900 bis 1999 durchlaufenen Tierkreiszeichen.

Aspekte und ihre Deutung

Gestirne bilden Aspekte, wenn sie am Himmel und dementsprechend im Horoskop bestimmte Abstände (Winkelgrößen) aufweisen. Hauptaspekte sind Konjunktion (0°), Sextil (60°), Quadrat (90°), Trigon (120°) und Opposition (180°). Bei der Horoskopdeutung ist jedoch zu beachten, daß Aspekte nicht gradgenau (exakt) sein müssen, sondern eine gewisse Wirkungsbreite (Orbis) haben. In unserer Übersicht ist bei jedem Aspekt in Klammern angegeben, innerhalb welcher Winkelabstände er noch wirksam ist.

Sextil und Trigon gelten als harmonische, Quadrat und Opposition als disharmonische Aspekte, während eine Konjunktion je nach den aspektbildenden Gestirnen harmonisch oder disharmonisch sein kann.

Konjunktionen

⊙ SONNE

Sonne/Mond (± 15°): Bei günstigem Gesamthoroskop Hinweis auf geistige Ausgewogenheit, positive Anlagen für Partnerschaft. Bei ungünstigem Gesamthoroskop Neigung zu Eigenwilligkeit bis Sturheit. Merkur und Venus im gleichen Tierkreiszeichen: unausgewogen, wenig anpassungsfähig, Ausbildung stereotyper Gewohnheiten.

Sonne/Merkur (± 6–12°): Klares Denken, gutes Urteilsvermögen, redegewandt, Glück auf Reisen. (Weniger als ± 6°): Mangelnde Anpassungsfähigkeit, Neigung zu Vorurteilen, subjektives Denken, im Ausdruck oft gehemmt.

Sonne/Venus (± 12°): Intensives Gefühlsleben, meist umgänglich, warmherzig, verfeinerter Geschmack, oft künstlerisch oder musikalisch begabt. Bei schwachem Willen Gefahr von Unselbständigkeit, Verweichlichung und Genußsucht.

Sonne/Mars (± 12°): Aktive Kämpfernatur oder starkes, impulsives Gefühlsleben, eigenwillig, sehr aktiv. Durch Unbedachtsamkeit Gefahr von Verletzungen, Neigung zu fiebrigen oder entzündlichen Erkrankungen. Manchmal Überanstrengung infolge Selbstüberschätzung, Tendenz zu Trotz und Starrsinn.

Sonne/Jupiter (± 12°): Optimistisch, großzügig, tolerant, selbstsicher, meist erfolgreich in Beruf und Gesellschaft. Gutes Durchsetzungsvermögen, häufig kultiviert und humorvoll. Meist körperlich widerstandsfähig.

Sonne/Saturn (± 12°): Oft einsame, schwere Jugend, Körperbehinderung möglich, ebenso Probleme oder Kontaktlosigkeit mit dem Vater. Meist ernstes Wesen, Neigung zur Abkapselung, depressiv. Erfolge sind möglich, müssen aber erkämpft werden.

Sonne/Uranus (± 11°): Freiheitsliebend, eigenwillig, unkonventionell, manchmal auch trotzig und kauzig. Unstabilität im privaten und beruflichen Leben (Reisen, Trennungen); Aufregungen und starke seelische Spannungen wahrscheinlich.

Sonne/Neptun (± 10°): Sensibel, beeinflußbar, oft künstlerisch kreativ. Häufig anfällige Gesundheit, Gefahr von Medikamentenmißbrauch, Drogen, Alkohol, von Skandalen und Verleumdung. Späte Ehe oder früher Partnerverlust möglich.

Sonne/Pluto (± 10°): Selbstbewußt, Streben nach führender Position; Gefahr der Selbstüberschätzung und von Auseinandersetzungen mit Vorgesetzten oder Behörden. Durch Neigung zu Übertreibungen Unfallgefahr. Starke Unruhe und Unrast im Leben möglich.

☽ MOND

Mond/Merkur (± 12°): Gefühlsbestimmt, phantasievoll, sensibel, flüssig im Ausdruck, reiselustig, oft literarisch interessiert. Bei günstigem Gesamthoroskop gute Nerven. Bei ungünstigem Gesamthoroskop überkritisch, wankelmütig, schwatzhaft.

Mond/Venus (± 12°): Umgänglich, gesellig, kultiviert, oft kunstsinnig, häufig charmant, Harmonie in Partnerschaft. Meist ausgewogene Persönlichkeit. Gefahr der Ichbezogenheit und Eitelkeit. Starker Einfluß der Liebe auf das persönliche Schicksal möglich.

Mond/Mars (± 12°): Energisch, wagemutig, unternehmungslustig, oft optimistisch, manchmal launisch, etwas aggressiv. Bei ungünstigem Gesamthoroskop unbedacht bis tollkühn, seelische Spannungen, Auflehnung und Extremhandlungen möglich.

Mond/Jupiter (± 12°): Gesellig, großzügig, hilfsbereit, tatkräftig, beliebt. Veränderungslust, oft geschäftstüchtig. Gefahr der Selbstüberschätzung, Vertrauensseligkeit, Verschwendungssucht; häufig sehr eigenwillig oder auch recht eigensinnig.

Mond/Saturn (± 12°): Realistisch, pflichtbewußt, fleißig, praktisch veranlagt, sparsam bis geizig. Oft schwere Jugend, langsamer Aufstieg, Partnerschaftsprobleme. Manchmal kleinlich, überkritisch. Für Erkrankungen von Verdauungstrakt, Leber und Galle anfällig.

Mond/Uranus (± 11°): Sehr freiheitsliebend (Partnerschaftsprobleme), erregbar, oft unausgeglichen. Unkonventionell, schwer beeinflußbar. Originelle bis exzentrische Lebensführung. Gefahr der Selbstschädigung durch Maßlosigkeit.

Mond/Neptun (± 10°): Empfindsam, gefühlsstark, hilfsbereit; Tendenz zum Gefühlsüberschwang in beiden Richtungen und zur Launenhaftigkeit. Gefahr der Eigenbrötelei, Unzufriedenheit, problematische Partnerschaften.

Mond/Pluto (± 10°): Impulsiv, häufig unbedacht, innerlich wenig ausgeglichen, meist triebstark. Gefahr plötzlicher Gefühls- und Stimmungsschwankungen. Bei günstigem Gesamthoroskop sozialer Aufstieg und Popularität möglich.

☿ MERKUR

Merkur/Venus (± 10°): Gesellig, umgänglich, feinfühlig, meist seelisch ausgewogen, verfeinert im Ausdruck, kunstsinnig, oft musikalisch. Kann gut mit jungen Menschen umgehen, wirkt selbst recht jugendlich.

Merkur/Mars (± 10°): Geistig wendig, freimütig, aber auch streitbar bis verletzend offen. Konzentrierter Denker, Gefahr der Überarbeitung. Kann sich durch schroffes Verhalten Feinde schaffen, viele Reibereien möglich.

Merkur/Jupiter (± 9°): Optimistisch, intelligent, meist gutmütig, hilfsbereit, kunstsinnig, vielseitig interessiert. Bei Selbstüberschätzung und Starrsinnigkeit Gefahr der Abkapselung.

Merkur/Saturn (± 9°): Bei günstigem Gesamthoroskop tatkräftig, fleißig, methodisch, ausdauernd. Bei ungünstigem Gesamthoroskop langsamer Aufstieg, verzögerte Persönlichkeitsentfaltung, Abkapselung, Tendenz zu Pessimismus und Depressionen.

Merkur/Uranus (± 8°): Freiheitsliebend, originell bis exzentrisch, eigenwillig bis starrsinnig, häufig kreativ begabt, ausgeprägter Individualist. Gefahr der Überheblichkeit und mangelnder Anpassungsfähigkeit.

Merkur/Neptun (± 7°): Umgänglich, einfühlsam, geistig wendig, häufig kreative Phantasie. Neigung zur Selbsttäuschung und zu unkontrolliert impulsivem Handeln. Oft Hang zum Okkulten.

Merkur/Pluto (± 7°): Meist gewandt im Ausdruck, überzeugungskräftig, sehr reiselustig; wechselvolles Leben möglich. Gefahr der Selbstschädigung und der Schädigung anderer bei ungünstigem Gesamthoroskop.

♀ VENUS

Venus/Mars (± 10°): Sinnenfroh, neigt zu Lebensgenuß und erotischen Abenteuern; oft empfindsam, reizbar. Gefahr von Übertreibungen und mangelnder Zärtlichkeit; Gefühlsverwirrungen möglich.

Venus/Jupiter (± 9°): Großzügig, meist geschmackvoll, oft charmant und herzlich und deshalb bei den Mitmenschen beliebt. Kommt mit dem anderen Geschlecht in der Regel gut zurecht. Nicht selten kunstsinnig oder künstlerisch begabt.

Venus/Saturn (± 9°): Pflichtbewußt, zurückhaltend mit Gefühlsäußerungen; Gefahr des Kontaktmangels und der Triebhemmung. Probleme in einer erotischen Partnerschaft möglich (Bindung als belastende und lästige »Pflichterfüllung«).

Venus/Uranus (± 8°): Seelisch angespannt, Gefühlsausbrüche und Launen möglich. Freiheitsliebend; Hang zu unverbindlichen erotischen Abenteuern. Gefahr der Überspanntheit. Bei künstlerischer Begabung große Originalität.

Venus/Neptun (± 7°): Sensibel, phantasievoll, oft tierliebend, an Kunst interessiert. Gefahr übergroßer Nervosität und großer innerer Unsicherheit, gesundheitlich anfällig, Tendenz zur Abkapselung. Kann ein problematischer Partner sein.

Venus/Pluto (± 7°): In Liebesdingen oft fanatisch, aber sexuelle Verklemmung möglich; Gefahr plötzlicher Trennungen, Liebeskonflikte. Tendenz zu Verschwendung und Ausschweifung. Glückliche Hand in Gelddingen möglich.

♂ MARS

Mars/Jupiter (± 9°): Tatkräftig, offen, entschlußfreudig, konzentriert, meist geschickter Taktiker und glückliche Hand mit Geld. Kann ohne eigene Schuld in Streitigkeiten hineingezogen werden. Gefahr der Unbedachtsamkeit und Tollkühnheit.

Mars/Saturn (± 9°): Körperbehinderungen und Verletzungsanfälligkeit (Haut, Knochen, Zähne) möglich. Kann gegen sich und andere hart sein. Gefahr der Selbstsucht und starker innerer Spannungen; jähe Trennungen möglich.

Mars/Uranus (± 8°): Aktiv, Gefahr der Überanstrengung. Eigenwillig bis intolerant und aggressiv. Unfallgefahr, bei ungünstiger Konstellation Nervenzusammenbruch möglich. Übertriebener Unabhängigkeitsdrang kann Probleme schaffen.

Mars/Neptun (± 7°): Phantasievoll, Neigung zu gefühlsbetonten Künsten, begeisterungsfähig, aber auch unbedacht, meist wenig ausdauernd. Oft idealistische Ziele, aber Scheitern und innere Unzufriedenheit möglich.

Mars/Pluto (± 7°): Starke Gefühlsspannungen, Gefahr nervlicher Überspanntheit. Manchmal voreilig oder unbeherrscht. Bei ungünstigem Gesamthoroskop Gefahr gewaltsamer Eingriffe in Gesundheit und persönliches Schicksal.

♃ JUPITER

Jupiter/Saturn (± 9°): Ausdauernd, fleißig, aber oft nur mühsame Erfolge, daher Gefahr materieller Entbehrungen, innerer Unzufriedenheit, von Neid oder Eifersucht.

Jupiter/Uranus (± 8°): Unabhängigkeitsliebend, ichbezogen, hartnäckig bis zum Starrsinn. Körperlich meist kräftig und zäh. Tendenz zu Auflehnung und Partnerschaftskrisen; Trennungen und Berufswechsel möglich.

Jupiter/Neptun (± 7°): Idealistisch, feinfühlig, einfühlsam, reiches Gefühlsleben, oft musikalisch oder künstlerisch veranlagt. Bei günstigem Gesamthoroskop materielle Erfolge wahrscheinlich; bei ungünstigem Gesamthoroskop Gefahr von Skandalen.

Jupiter/Pluto (± 7°): Je nach Position im Tierkreis Fähigkeit zum Bruch mit der Vergangenheit und gutem Neubeginn; auch Führungsqualitäten, aber Gefahr der Überheblichkeit. Bei Spekulationen Vorsicht!

♄ SATURN

Saturn/Uranus (± 8°): Ehrgeizig, zäh, eigenwillig, aber auch herrisch und aggressiv. Nervlich oft angespannt, Gefahr von Depressionen und Krisen in Partnerschaft und Ehe; jähe Trennungen möglich.

Saturn/Neptun (± 7°): Oft idealistisch und künstlerisch begabt, manchmal geschäftstüchtig und guter Taktiker. Gefahr starker Ichbezogenheit mit Triebhemmungen und seelischen Konflikten.

Saturn/Pluto (± 7°): Meist ausdauernd und zäh, aber oft unberechenbar. Gefahr körperlicher Schädigungen, materieller Verluste und schwerer Enttäuschungen.

⛢ URANUS

Uranus/Neptun (± 6°): Eigenwillig, selbstbewußt, meist recht originell, aber doch umgänglich. Dieser Aspekt wird stark durch das Gesamthoroskop beeinflußt.

Uranus/Pluto (± 6°): Kann bei positivem Gesamthoroskop auf Führungsqualitäten, Tatendrang, starken Unabhängigkeitswillen verweisen, bei negativem Gesamthoroskop auf Gewalt, Umwälzungen, Trennungen.

♆ NEPTUN

Neptun/Pluto (± 5°): Einfühlsam, oft reiches Gefühlsleben und rege Phantasie; auch Neigung zum Okkulten oder zu Geheimlehren; Gefahr der Wirklichkeitsflucht, auch mit Hilfe von Alkohol und Drogen.

Quadrat und Opposition

☉ SONNE

Sonne/Mond (78–102°; 165–195°): Starke innere Spannungen zwischen Wünschen und Pflichten; häufig tiefwurzelnde Differenzen zwischen Eltern und Kindern; manchmal Gebundensein an einen Beruf, der nicht den eigenen Neigungen und Fähigkeiten entspricht.

Sonne/Venus (39–51°, Halbquadrat): Häufig künstlerisch begabt, Tendenz zu Gefühlsüberschwang, aber auch zur Heuchelei: Bei Frauen: sensibel und übernervös. Scheitern einer Ehe möglich.

Sonne/Mars (80–100°; 168–192°): Voreilig bis waghalsig, mangelnde Voraussicht (Unfallgefahr). Neigt zu Überanstrengung, aber auch zur Rücksichtslosigkeit gegenüber anderen, manchmal taktlos und streitsüchtig.

Sonne/Jupiter (80–100°; 168–192°): Abenteuerlustig bis leichtsinnig, respektlos bis aufsässig und rebellisch. Gefahr der Selbstüberschätzung, Verschwendung, Selbstschädigung durch Fehlverhalten, auch Ernährungsschäden.

Sonne/Saturn (80–100°; 168–192°): Oft schwere Kindheit, verzögerte Entfaltung, gesundheitliche Belastung. Mangelndes Durchsetzungsvermögen; alle Erfolge müssen schwer erarbeitet werden.

Sonne/Uranus (81–99°; 169–191°): Eigenwillig bis exzentrisch, Gefahr der Selbstüberschätzung. Selbstschädigung durch unbedachte Impulsivität oder Starrsinn; häufig schwankende Ziele. Nervosität und Streßerkrankungen möglich.

Sonne/Neptun (81–99°); 170–190°): Wenig willensstark, mangelndes Selbstvertrauen, verworrene Phantasie, Tendenz zur Selbsttäuschung, stark beeinflußbar. Seelische Spannungen durch Enttäuschungen möglich.

Sonne/Pluto (81–99°; 170–190°): Starke innere Spannungen, durch die wichtige Persönlichkeitsbereiche blockiert werden können; manchmal nachtragend bis rachsüchtig.

☽ MOND

Mond/Merkur (79–101°; 168–192°): Schlau bis scharfsinnig, Gefahr der Schwatzhaftigkeit und Unaufrichtigkeit. Manchmal launisch und sprunghaft. Setzt sich jedoch für Schwächere ein, ist ein loyaler Freund.

Mond/Venus (80–100°; 168–192°): Unsicher im Urteil und im Ausdruck von Gefühlen, dadurch Spannungen und Enttäuschungen im Liebesleben. Versucht oft, Unsicherheit durch allzu forsches Auftreten zu überspielen.

Mond/Mars (80–100°; 168–192°): Impulsiv bis aggressiv, oft schnell beleidigt, streitsüchtig. Lehnt strenge Disziplin ab. Durch Übererregbarkeit Gefahr psychosomatischer Erkrankungen. Tendenz zu Nachlässigkeit und Ausschweifung möglich.

Mond/Jupiter (80–100°; 168–192°): Meist freundlich und beliebt, aber auch vorschnell und wenig verantwortungsbewußt. Kann zwischen übertriebener Askese und verschwenderischem Lebensgenuß schwanken. Gefahr von Lebererkrankungen.

Mond/Saturn (80–100°; 168–192°): Gehemmt, mangelndes Selbstvertrauen, fühlt sich unverstanden. Oft problematische oder unglückliche Beziehung zur Mutter. Häufig wesentlich älterer Lebenspartner (»Pflichtehe«), wenig Befriedigung in der unmittelbaren Lebenswelt.

Mond/Uranus (81–99°; 169–191°): Vielseitig interessiert, oft sehr begabt, aber eigenwillig bis starrsinnig, schwankende Ziele, zerrissene Gefühle, wenig zuverlässig. Neigt zu Übertreibungen (Nervenkrisen, Partnerschaftsprobleme).

Mond/Neptun (81–99°; 170–190°): Unsicher, wirre Zielsetzungen, Hang zur Selbsttäuschung, Gefühlsüberspannung. Manchmal Schädigung durch schlechten Umgang oder durch Vorliebe für rasches Geldverdienen.

Mond/Pluto (81–99°; 170–190°): Oft gefühlsgehemmt, vielleicht durch traumatische Erfahrungen in der Kindheit. Häufig geschäftstüchtig, aber unvorsichtig und impulsiv. Plötzliche Lebensänderungen können von außen aufgezwungen werden.

☿ MERKUR

Merkur/Venus (40–50°): Nur schwache Prägekraft; selbstzufrieden, oft nachlässig, anpassungsfähig, aber auch wetterwendisch.

Merkur/Mars (81–99°; 170–190°): Empfindlich, aggressiv, oft nörglerisch und streitsüchtig. Neigt zur Selbstüberschätzung. Unsicherheit kann durch allzu forsches Auftreten überspielt werden.

Merkur/Jupiter (81–99°; 171–189°): Oft künstlerisch begabt, ideenreich, aber wenig konzentriert, urteilsschwach; Neigung zu Selbstüberschätzung und Taktlosigkeit. Gefahr von finanziellen Verlusten, Skandalen, Leberschäden.

Merkur/Saturn (82–98°; 171–189°): Oft konservativ, unflexibel, schroff bis tyrannisch, Hang zur Abkapselung, Depressionen. Häufig entbehrungsreiche Kindheit, Einengungen. Keine oder nur wenige gute Freunde.

Merkur/Uranus (83–97°; 172–188°): Offen bis taktlos, voreilig, exzentrisch. Neigt zu Selbsttäuschungen, oft wenig beliebt. Manchmal nörglerisch und übernervös. Fehlhandlungen durch Unbedachtsamkeit möglich.

Merkur/Neptun (83–97°; 173–187°): Oft unrealistisches Denken, chaotische Gefühlswelt, auch mangelndes Selbstvertrauen und Hang zu Täuschungsmanövern. Meist wenig zuverlässig.

Merkur/Pluto (83–97°; 173–187°): Unbedacht und voreilig; verspricht viel, hält wenig. Tendenz zur Unaufrichtigkeit, kann, wenn ertappt, sehr bösartig werden.

♀ VENUS

Venus/Mars (81–99°; 170–190°): Oft übersensibel, Gefühlsspannungen, Enttäuschungen durch zu hochgesteckte Ziele. In Liebesbeziehungen häufig launisch und aggressiv, auch recht egoistisch.

Venus/Jupiter (82–98°; 171–189°): Ichbezogen, eitel, häufig träge, unzuverlässig, verschwenderisch. Gefühlsüberschwang, aber oft nur flache Liebesbeziehungen. Spielernatur; Gefahr materieller Einbußen.

Venus/Saturn (83–97°; 171–189°): Gefühlsarm, übertriebenes Pflichtgefühl; treu, aber hart und nüchtern. Häufig triebgehemmt; Spannungen mit der Mutter, späte oder keine Ehe; meist problematische Partnerschaft, harter Lebenskampf.

Venus/Uranus (83–97°; 172–188°): Oft freundlich, gutwillig, aber empfindlich und nervös; freiheitsliebend, starrsinnig. Unkonventionell, Partnerschaftsprobleme und tragische Trennungen möglich.

Venus/Neptun (83–97°; 173–187°): Entschlußschwach, Hang zu Täuschung und Selbsttäuschung; unklare Partnerschaften, Irrwege in der Liebe und Gefahr durch Gifte (auch Genußgifte) möglich.

Venus/Pluto (83–97°; 173–187°): Eine erotische Beziehung kann im Leben übermächtige Bedeutung erlangen. Enttäuschung möglich. Vorsichtige Zurückhaltung in finanziellen Dingen ratsam.

♂ MARS

Mars/Jupiter (82–98°; 171–189°): Unausgeglichen, oft unbedacht und verschwenderisch, ziellos, von Launen abhängig, neigt zu Übertreibungen. Ablehnung jeden Zwangs kann zu Problemen mit Vorgesetzten und Behörden führen.

Mars/Saturn (82–98°; 171–189°): Hart gegen sich und andere, oft egoistisch und intolerant. Erfolge müssen erkämpft werden. Körperliche Gewalteinwirkungen (Verletzungen, schwere Krankheiten) und Zwänge im Leben möglich.

Mars/Uranus (83–97°; 172–188°): Eigenwillig, freiheitsliebend bis aufsässig, nervös und reizbar. Zurückhaltend oder streitsüchtig aus innerer Unsicherheit. Wenig diplomatisch, haßt Routine. Tendenz zu Überarbeitung und Unfällen.

Mars/Neptun (83–97°; 173–187°): Weich bis feig, wenig Realitätssinn. Gefahr von Täuschungen und Skandalen. Manchmal Hang zur Flucht vor der Wirklichkeit, gefährdet durch Gifte, auch Genußgifte wie Alkohol und Nikotin, Drogen.

Mars/Pluto (83–97°; 173–187°): Hat mit Schwierigkeiten zu kämpfen, die oft rücksichtslos auf Kosten anderer überwunden werden. Manchmal Gefühlsballungen, Tendenz zu unbeherrschten Wutausbrüchen. Gefahr der seelischen und körperlichen Überanstrengung.

♃ JUPITER

Jupiter/Saturn (82–98°; 171–189°): Übertriebenes Pflichtgefühl; Erfolge müssen erkämpft werden. Manchmal rastlos und depressiv, wenig Phantasie und Initiative. Schwierigkeiten mit dem Vater, Entbehrungen und Enttäuschungen möglich.

Jupiter/Uranus (83–97°; 172–188°): Eigenwillig, selbstbewußt, offen bis zur Selbstschädigung, Hang zu Selbstüberschätzung und Nörgelei. Rastlos tätig, aber wenig verantwortungsfreudig. Viele Veränderungen im Leben wahrscheinlich.

Jupiter/Neptun (84–96°; 173–187°): Unentschlossen, unstet, Hang zur Selbsttäuschung. Materiell oft nur wenig erfolgreich, deshalb finanzielle Probleme im Leben wahrscheinlich.

Jupiter/Pluto (84–96°; 173–187°): Kann sich nur schwer unterordnen; manchmal Machtkomplexe und Verschwendungssucht, tendiert zur Ausnützung anderer. Negative Einflüsse von der oder auf die Umwelt möglich.

♄ SATURN

Saturn/Uranus (84–96°; 172–188°): Ichbezogen, launenhaft, ungeduldig, oft heftig, herausfordernd, taktlos und fanatisch bis hysterisch. Empfindet Arbeit als ungeliebte Pflicht. Muß im Leben kämpfen.

Saturn/Neptun (84–96°; 173–187°): Setzt sich manchmal utopische Ziele, kann unter Neurosen leiden. Möglichkeit von Verleumdungen und Verrat durch falsche Freunde.

Saturn/Pluto (84–96°; 173–187°): Egoistisch, fanatisch, dickköpfig; oft anstrengende Lebensumstände, die zu hartem Kämpfen zwingen. Gewaltsame Eingriffe in Gesundheit und Schicksal möglich.

♅ URANUS

Uranus/Neptun (85–95°; 174–186°): Übersensibel, verschwommen in Gefühlen und Zielen, Neigung zur Selbsttäuschung. Manchmal kann eine bedeutende künstlerische Begabung vorliegen.

Uranus/Pluto (85–95°; 174–186°): Starrsinnig bis fanatisch; häufig körperlich und nervlich stark angespannt. Viele Auseinandersetzungen mit der Umwelt und gewaltsame Eingriffe ins Leben möglich.

♆ NEPTUN

Neptun/Pluto (86–94°; 175–185°): Sehr phantasievoll, verschwommen in den Gefühlen, meist leicht beeinflußbar. Kann zur Selbsttäuschung und zur Wirklichkeitsflucht tendieren.

Sextil und Trigon

☉ SONNE

Sonne/Mond (49–71°; 108–132°): Meist innerlich ausgewogene, harmonische Persönlichkeit, friedliebend, eher zurückhaltend. Wenig ehrgeizig. Es besteht die Gefahr des Ausgenütztwerdens.

Sonne/Merkur (49–71°; 108–132°): Selbstsicher und daher ausgeglichen, flüssig im mündlichen und schriftlichen Ausdruck; kontaktfreudig und umgänglich.

Sonne/Venus (50–70°; 108–132°): Warmherzig, gefühlvoll, zärtlich. Meist ausgeprägter Schönheitssinn und guter Geschmack; schätzt eine harmonische, gepflegte Umgebung.

Sonne/Mars (51–69°; 110–130°): Energisch, entschlußfreudig, extravertiert, offen, meist mutig, häufig gute Führungsqualitäten. In der Regel ist die Gesundheit stabil.

Sonne/Jupiter (51–69°; 110–130°): Ruhig und überlegt, gutherzig, auf Horizonterweiterung (Lernen, soziale Kontakte, Reisen) bedacht; kann meist das Leben bewußt genießen und kommt häufig zu Erfolg.

Sonne/Saturn (51–69°; 110–130°): Ernst, diszipliniert, arbeitsam und ausdauernd. Wagemutig, aber auch verantwortungsbewußt. Kann sein Leben meist gut organisieren und gesteckte Ziele erreichen.

Sonne/Uranus (52–68°; 111–129°): Vorausschauend und wagemutig, oft mit Führungsqualitäten; gelegentlich aber allzu impulsiv bis tollkühn. Fühlt sich von unorthodoxen Ideen angezogen.

Sonne/Neptun (52–68°; 111–129°): Altruistisch, großzügig, läßt sich von seinem Gewissen leiten. Gefahr des Ausgenütztwerdens. Oft recht geistreich und künstlerisch begabt.

Sonne/Pluto (52–68°; 111–129°): Selbstsicher, konzentrationsfähig, kann seine Kräfte zielgerichtet einsetzen; oft darauf bedacht, Macht und Ansehen zu gewinnen.

☽ MOND

Mond/Merkur (50–70°; 109–131°): Rasche Auffassungsgabe, gesunder Menschenverstand, logisches Denken, daher flüssig im mündlichen und schriftlichen Ausdruck. Meist ist die Gesundheit stabil.

Mond/Venus (51–69°; 110–130°): Gute Auffassungsgabe, wacher Verstand, schönheits- und kunstsinnig. Meist gutmütig, anmutig, strebt nach Harmonie und wünscht Zärtlichkeit.

Mond/Mars (51–69°; 110–130°): Offen, aufrichtig, bestimmtes Auftreten, rasche Reaktionsfähigkeit. In der Regel lebensfroh, aber manchmal etwas allzu sorglos.

Mond/Jupiter (51–69°; 110–130°): Freundlich bis herzlich, tolerant und verständnisvoll, gewissenhaft, meist ausgesprochen gutmütig. Häufig geschäftstüchtig, bei anderen beliebt. Tierliebend.

Mond/Saturn (51–69°; 110–130°): Zurückhaltend, konservativ, vorsichtig, verantwortungsbewußt. Gutes Organisationstalent, handelt überlegt.

Mond/Uranus (52–68°; 111–129°): Eigenwillig, häufig sehr ehrgeizig, stark auf persönliche Unabhängigkeit bedacht, hat oft intuitive Einsichten. Gefahr plötzlicher Stimmungsumschwünge.

Mond/Neptun (52–68°; 111–129°): Feinfühlig, empfindsam, idealistisch, reiche Phantasie. Möchte im privaten und beruflichen Leben gern etwas Besonderes tun und sein.

Mond/Pluto (52–68°; 111–129°): Scharfsichtig und entschlossen, verfolgt klare Vorstellungen; neigt manchmal zu Gefühlsausbrüchen. Ungewöhnlich starke Mutterbindung möglich.

☿ MERKUR

Merkur/Venus (50–70°; 110–130°): Guter Geschmack und Schönheitssinn; schätzt eine gepflegte Umgebung und die schönen Dinge des Lebens. Kann sich in der Regel gut ausdrücken.

Merkur/Mars (52–68°; 111–129°): Offen, gewandtes Auftreten, entschlußfreudig, rascher Denker, wagemutig, aber manchmal auch tollkühn und voreilig. Meist gutes Gehör und scharfe Augen.

Merkur/Jupiter (52–68°; 111–129°): Auf Erweiterung des Horizonts und neue Kontakte bedacht, reisefreudig, wißbegierig, schlagfertig, meist umgänglich und bei den Mitmenschen beliebt.

Merkur/Saturn (53–67°; 112–128°): Gründlich, logischer Denker, ausdauernd bei der Verfolgung von Plänen und der Durchführung von Arbeiten, als zuverlässig beliebt; manchmal pedantisch.

Merkur/Uranus (54–66°; 113–127°): Einfallsreich, lebhaft bis rastlos, selbstsicher, wahrheitsliebend, meist offen, manchmal verletzend. In der Regel gutes Gedächtnis.

Merkur/Neptun (54–66°; 113–127°): Schöpferisch begabt, reiche Phantasie, setzt sich häufig für idealistische Ziele ein. Seelisch leicht verwundbar, aber nur selten nachtragend.

Merkur/Pluto (54–66°; 113–127°): Kann konzentriert denken; zurückhaltend und verschwiegen, manchmal auch verschlossen. Plötzliche Meinungsumschwünge möglich.

♀ VENUS

Venus/Mars (52–68°; 111–129°): Gefühlvoll, warmherzig, umgänglich, meist an Kunst interessiert. In Herzensdingen nicht unbedingt konstant, neigt zu flüchtigen Bindungen.

Venus/Jupiter (53–67°; 112–128°): Angenehmes Wesen, umgänglich und freundlich, bei den Mitmenschen beliebt. Nicht sonderlich mutig, manchmal etwas extravagant.

Venus/Saturn (54–66°; 113–127°): Sparsam, treu, opferbereit; manchmal jedoch zu nüchtern und allzu praktisch veranlagt. Gutgemeinte Bemühungen können Enttäuschungen bringen; Einsamkeit möglich.

Venus/Uranus (55–65°; 113–127°): Neugierig, kontaktfreudig, meist originelles Wesen und unkonventionelle Ansichten, häufig künstlerisch begabt. Kann sehr romantisch sein.

Venus/Neptun (55–65°; 113–127°): Empfindsam, kunstsinnig, oft musikliebend, manchmal etwas wirklichkeitsfremd. Lehnt eingefahrene Routine im Leben und in der Arbeit ab.

Venus/Pluto (55–65°; 113–127°): Leidenschaftlich und lebenshungrig (Gefahr von Unmäßigkeit und Übergewicht); ist trotz Lust an der Abwechslung meist ein treuer Partner.

♂ MARS

Mars/Jupiter (53–67°; 112–128°): Aktiv, unternehmungslustig, begeisterungsfähig, liebt Reisen und Abenteuer. Meist recht sportlich; manchmal künstlerisch veranlagt.

Mars/Saturn (53–67°; 112–128°): Ehrgeizig, tüchtig, ausdauernd, meist ein guter Organisator, auf eine erfolgreiche Karriere bedacht, aber dabei manchmal gegen andere rücksichtslos.

Mars/Uranus (53–67°; 113–127°): Selbstbewußt, entschlußfreudig, arbeitsam, geschickt zupackend; auf persönliche Unabhängigkeit bedacht und dabei gelegentlich schroff bis aufsässig.

Mars/Neptun (55–65°; 113–127°): Gefühlsstark, phantasiereich, hilfsbereit, neigt zu karitativer Betätigung; manchmal religiös sehr engagiert, setzt sich für Ideale ein.

Mars/Pluto (55–65°; 113–127°): Eigenwillig, aber sehr beherrscht; kann in Gefahren Todesmut und hohe Selbstlosigkeit zeigen, ist großer Krafteinsätze fähig.

♃ JUPITER

Jupiter/Saturn (53–67°; 112–128°): Abwägend, geduldig, gewissenhaft und pflichtbewußt. Ist sich der eigenen Grenzen bewußt. Erfolg im Leben und Beruf wahrscheinlich.

Jupiter/Uranus (53–67°; 113–127°): Optimistisch, hat Führungsqualitäten, ist einfallsreich, liebt Freiheit und Unabhängigkeit. Reger Geist; auf stete Horizonterweiterung bedacht.

Jupiter/Neptun (55–65°; 114–126°): Gutmütig, großzügig, hilft gern anderen. Nur selten nachtragend; meist religiös. Kann einen hilfsbedürftigen Partner haben.

Jupiter/Pluto (55–65°; 114–126°): Optimistisch, humorvoll, sieht den Dingen stets zuversichtlich entgegen, kann sich gut auf Neues und Überraschendes einstellen. Ist bestrebt, Macht ausüben zu können, aber nicht herrschsüchtig.

♄ SATURN

Saturn/Uranus (55–65°; 114–126°): Verantwortungsbewußt, ausdauernd, einfallsreich und zielstrebig, hat Führungsqualitäten. Ist tatkräftig, handelt dabei meist sehr überlegt.

Saturn/Neptun (55–65°; 114–126°): Vernunftorientiert, arbeitsam, hat Organisationstalent. Häufig zu Opfern bereit, kann Ideale in die Wirklichkeit umsetzen.

Saturn/Pluto (55–65°; 114–126°): Ausdauernd und hartnäckig, tüchtiger Arbeiter, kann sich im Leben gut durch berufliche und persönliche Krisensituationen »hindurchbeißen«.

⛢ URANUS

Uranus/Neptun (56–64°; 115–125°): Freundlich im Umgang, kann sich in andere einfühlen, hat manchmal intuitive Einsichten; ist nicht selten am Okkulten interessiert.

Uranus/Pluto (56–64°; 115–125°): Schöpferisch, weitblickend, dem Neuen aufgeschlossen, manchmal revolutionär; stellt hohe Anforderungen an sich und ist sich selbst gegenüber ehrlich.

♆ NEPTUN

Neptun/Pluto (57–63°; 116–124°): Stark an Idealen interessiert, fühlt sich manchmal zu künstlerischem Schaffen berufen; ist in der Regel wenig auf materielle Erfolge bedacht.

III.
Meine Chancen und Gefährdungen in den kommenden Jahren

1988

Dieses Jahr kann sehr turbulent und spannungsreich werden, wird Ihnen einiges abverlangen, Ihnen jedoch auch etliche Chancen bieten. Zielgerichtet durchstarten können Sie bereits im Januar, denn es fehlt Ihnen nicht an energischem Schwung, aber wichtig ist, daß Sie ihn in planvolles Tun kanalisieren. Anfang Februar schlaffen Sie ein wenig ab, haben mit Unlustgefühlen zu kämpfen, werden nervös und reizbar, doch schon am Monatsende erhalten Sie erneut Auftrieb durch einen Energieschub, der mit wechselnder Intensität bis Ende Juli anhalten wird. Die Bewältigung Ihrer Aufgaben und Pflichten bereitet Ihnen wenig Schwierigkeiten, aber hüten Sie sich davor, die eigenen Interessen allzusehr in den Vordergrund zu stellen. Auch für sich selbst werden Sie mehr erreichen, wenn Sie berechtigte Ansprüche anderer im Auge behalten und nicht darauf aus sind, mit harten Ellenbogen ausschließlich den eigenen Vorteil zu suchen. Überstarke Ichbezogenheit und innere Verkrampfungen können Sie durch eine verstärkte Pflege Ihrer zwischenmenschlichen Beziehungen vermeiden.

Einen Höhepunkt erreichen Tätigkeitsdrang und Leistungsfähigkeit im März und April. Sie fühlen sich rundum wohl und sind aufgeschlossener und optimistischer als sonst. Bleiben Sie jedoch besonnen und realistisch, damit nicht vorschnelle Handlungen und Entscheidungen sich nachteilig auswirken. Dazu neigen Sie besonders im Mai, denn jetzt haben Sie einige Mühe, die Sie anspornenden Energien im Griff zu behalten. Sie geraten in Gefahr, sich ohne Berücksichtigung der tatsächlichen Möglichkeiten allzu ehrgeizige Ziele zu setzen und sie mit übergroßer Härte und Rücksichtslosigkeit anzusteuern. Besser ist es, sich auf die anstehenden Aufgaben zu konzentrieren und erst im Juni Neues zu planen und anzupacken, denn dann kommt zu Ihrem Leistungswillen eine größere geistige Klarheit, die Ihnen mehr Umsicht und Zielsicherheit verleiht. Bis Mitte Juli sind Sie stärker auf die Umwelt orientiert, kommen mit den Mitmenschen gut zurecht und sorgen auch in Ihrem persönlichen Umfeld für eine spannungsfreie Atmosphäre, so daß beruflich und privat kaum Schwierigkeiten zu befürchten sind, wenn Sie darauf bedacht bleiben, Spannungen und Konfrontationen zu vermeiden.

Der August ist günstig für Reisen, im Zusammenhang mit beruflichen Verpflichtungen ebenso wie zur Erholung und Entspannung. In diesem Monat sind Sie sehr aufgeschlossen und umgänglich, besonnen und klarsichtig. Deshalb sollten Sie diesen Monat nicht nur zur körperlichen und geistigen Regeneration, sondern auch zur Überprüfung Ihrer Standpunkte und Zielsetzungen nutzen. Im September wird Ihnen das schwererfallen, denn jetzt verspüren Sie innere Spannungen, die Sie ungeduldig und unkonzentriert machen. Im Oktober und November steigern sich Nervosität und Reizbarkeit, so daß Sie viel Selbstdisziplin aufbringen müssen, um Reibereien und Auseinandersetzungen zu vermeiden. Gehen Sie jetzt Konfrontationen nach Möglichkeit aus dem Weg, denn Sie neigen zu unkontrollierten Ausbrüchen und Fehlreaktionen, mit denen Sie sich sehr schaden können. Auch in der persönlichen Sphäre sind Selbstbeherrschung und Zurückhaltung wichtig, damit kein Porzellan zerschlagen wird. Erst Anfang Dezember lassen die inneren Spannungen nach; Sie kommen wieder ins Gleichgewicht und finden zu Ihrer üblichen Besonnenheit zurück, so daß das Jahr harmonisch ausklingen kann.

1989

Am Jahresbeginn sind Sie in einer guten Verfassung, sind voller Schwung und Tatendrang. Allerdings fehlt es Ihnen an Augenmaß, und so besteht die Gefahr, daß Sie unnötige Konfrontationen heraufbeschwören, weil Sie eigensinnig auf Ihren Standpunkten beharren und zu keinen Kompromissen bereit sind. Zudem sind Sie reichlich gereizt und mißtrauisch, verhalten sich einflußreichen Menschen gegenüber wenig geschickt. Diese unter negativen Vorzeichen stehende Phase hält bis Mitte März an. Selbstkontrolle und Beherrschtheit sind wichtig, damit Sie nicht in Auseinandersetzungen verwickelt werden, die Ihnen langfristig schaden.

Zu umsichtiger Verhaltenheit finden Sie erst Anfang April zurück. Sie werden umgänglicher, haben allerdings Mühe, sich innerlich zu entkrampfen, so daß es vor allem in der persönlichen Sphäre einige Zeit dauern kann, bis alles wieder im Lot ist. Im Mai schlaffen Sie ab, aber da gleichzeitig keine besonderen Anforderungen an Sie gestellt werden, können Sie diese Wochen zur Regeneration nutzen, wobei ein spannungsfreies Verhältnis zu den Ihnen nahestehenden Menschen von großem Wert ist. Seien Sie also aufgeschlossen und kompromißbereit, stimmen Sie Ihre eigenen Interessen auf die Bedürfnisse der Menschen ab, an denen Ihnen etwas liegt.

Wieder in Schwung kommen Sie Anfang Juni, denn jetzt beginnt sich ein Energieschub auszuwirken, der etwa vier Monate lang anhalten wird. Zunächst ist er mit großer geistiger Klarheit und vorausschauender Zielsicherheit verbunden. Der Juni eignet sich für eine selbstkritische Überprüfung von Standpunkten und Methoden und für eventuell erforderliche neue Weichenstellungen im beruflichen und privaten Bereich. Es können sich Ihnen Chancen für Ihr Fortkommen eröffnen, die Sie erkennen und entschlossen wahrnehmen sollten; sehr wahrscheinlich spielen neue zwischenmenschliche Kontakte dabei eine Rolle. Die Übernahme größerer Verantwortungen kann eine für die Zukunft bedeutungsvolle Erweiterung Ihres Aktionsradius mit sich bringen. Achten Sie jedoch in diesem Sommer auf Ihre Gesundheit, die durch Gedankenlosigkeit, zu hohe selbstgestellte Anforderungen und einen Hang zu Übertreibungen gefährdet sein kann.

Voller Unternehmungsgeist sind Sie auch noch im Juli und August, doch läßt jetzt die Konzentration nach, und gleichzeitig legen Sie eine Hemdsärmeligkeit an den Tag, die Reibungen und Konflikte heraufbeschwört. Im Vollgefühl Ihrer Kräfte sind Sie darauf aus, eigene Interessen reichlich rücksichtslos voranzutreiben und auf Kosten anderer durchzuboxen. Wenn Sie sich nicht zügeln, drohen ernsthafte Verstimmungen und Zusammenstöße, mit denen Sie sich nicht nur Sympathien verscherzen, sondern unter Umständen obendrein empfindliche materielle Einbußen einhandeln. Auch wenn Sie vielleicht im Augenblick Spaß an dem Gefühl haben, alles nach Ihrer Pfeife tanzen zu lassen, kann Ihnen ein böses Erwachen bevorstehen, denn Ihre derzeitige Rücksichtslosigkeit wird auf Sie selbst zurückschlagen. Treten Sie deshalb lieber etwas kürzer, und machen Sie auch einmal Abstriche; Kompromißbereitschaft wird Ihnen auf Dauer mehr einbringen als ein hartes Verfechten egoistischer Belange.

Unter positiven Vorzeichen stehen die Monate September bis Dezember. Zunächst hält der Kraftschub an, doch Ihre innere Verspannung löst sich, Sie sind aufgeschlossener und bedachter. Ihre Arbeit macht Ihnen kaum Schwierigkeiten, mit Ideenreichtum und Geschick meistern Sie die Ihnen gestellten Aufgaben. Im Umgang mit anderen gibt es keine hinderlichen Reibungen; am Arbeitsplatz und in der Privatsphäre herrscht Harmonie vor. Reisen und neue zwischenmenschliche Kontakte können eine bereichernde Horizonterweiterung bringen. Ein schwaches Zwischentief im Spätherbst wirkt sich auf Sie nur wenig aus. Verhältnismäßig spannungsarme Wochen beschließen im Dezember das Jahr und geben Ihnen die Möglichkeit, sich zu regenerieren.

1990

In diesem Jahr wird eine kosmische Konstellation bedeutsam sein, deren Auswirkungen alle anderen Einflüsse subtil überlagert, so daß sie bei der Bewertung der einzelnen Monate mit in Rechnung zu stellen ist. Besonders spürbar wird sie im Mai und Juni werden, was Sie zu erhöhter Wachsamkeit veranlassen sollte. Die Möglichkeiten, die sich Ihnen dadurch eröffnen, werden im wesentlichen positiv sein, werden zu Ihrem inneren und äußeren Wachsen beitragen und Ihr berufliches Weiterkommen fördern, aber auch Ihre Privatsphäre bereichern. Um die sich bietenden Chancen wahrnehmen zu können, müssen Sie allerdings bereit sein, einige Belastungen auf sich zu nehmen, zu gegebenen Versprechen zu stehen und viel Rücksicht auf die Interessen Ihrer Mitmenschen zu nehmen. Zwar wird Ihre Gesundheit recht stabil sein, doch sollten Sie einen Raubbau an Ihren Kräften vermeiden, wozu Sie besonders in Phasen neigen, in denen Sie viel Auftrieb verspüren. Besonnenheit und Augenmaß sind Voraussetzungen für eine bestmögliche Nutzung der sich bietenden Gelegenheiten, wenn Sie auf lange Sicht davon profitieren wollen.

Im Januar haben Sie allerdings zunächst noch einige Schwierigkeiten, richtig in Fahrt zu kommen, doch bis zum Februar sind Sie wieder richtig in Schwung und geistig hellwach. Für Neues sind Sie aufgeschlossener als sonst, die Arbeit geht Ihnen flott von der Hand, und bei allem Durchsetzungsvermögen lassen Sie es nicht an Rücksichtnahme fehlen. Sie zeigen viel Ausdauer und Beständigkeit. Von Anfang April bis Ende Mai kommen Sie allerdings unter Hochspannung, werden gereizt und nervös, haben einige Mühe, einen klaren Blick und einen kühlen Kopf zu bewahren. Aggressivität verleitet Sie zu voreiligen Fehlreaktionen; übertriebenes Mißtrauen kann beruflich und privat die Atmosphäre trüben. Im Juni lassen die Spannungen nach. Nutzen Sie nach Möglichkeit diesen Monat für einen erholsamen Urlaub, denn im Juli und August werden

Sie erneut »unter Dampf« stehen, so daß Sie Mühe haben, sich innerlich zu entkrampfen. Die im Juli wirksamen Kräfte stehen zunächst unter positiven Vorzeichen, steigern Ihre Vitalität und Ihre Tatenfreude, doch am Monatsende wachsen Ungeduld und Unlust und Sie haben einige Mühe, Begonnenes planvoll zu Ende zu bringen und Ihren Pflichten zu genügen.

Im August sollten Sie sich die Zeit für eine Zwischenbilanz nehmen, Ihre Positionen, Handlungsweisen und Zielsetzungen überprüfen. Allerdings ist es sehr gut möglich, daß Ihnen die Notwendigkeit einer Kursbestimmung durch den Gang der Dinge verdeutlicht wird, denn jetzt kann offenbar werden, wie gut Sie in den vergangenen Monaten Ihre Kräfte eingesetzt und Ihre Möglichkeiten genutzt haben. Je weniger Grund zur Zufriedenheit Sie haben, desto kritischer sollten Sie mit sich ins Gericht gehen und entschlossen die Weichen für die kommenden Monate und Jahre stellen. Da Ihnen bis zum November eine Verschnaufpause gegönnt ist, in der keine sonderlich hohen Anforderungen an Sie gestellt werden, und gesteigerte geistige Klarheit Ihnen im Dezember beschieden ist, haben Sie in den restlichen Monaten dieses Jahres genügend Gelegenheit, mit sich ins Reine zu kommen, einen neuen Kurs abzustecken und die planvolle Verwirklichung Ihrer guten Vorsätze in Angriff zu nehmen.

1991

In diesem und dem kommenden Jahr wird eine veränderte kosmische Konstellation langfristig wirksam, die die Einflüsse der einzelnen Monate überlagert und in diesem ganzen Zeitraum in Rechnung gestellt werden muß. Praktisch bedeutet das für Sie eine allgemeine Steigerung Ihres Energieniveaus, die in allen Lebensbereichen spürbar sein wird. Am meisten werden Sie von den Ihnen zufließenden Kräften profitieren, wenn Sie sie bewußt nach innen lenken, sich ihrer bedienen, um ein selbstkritisches »Großreinemachen« durchzuführen, überholte Standpunkte und ineffiziente Verhaltensweisen aufzugeben, aber auch das Verhältnis zu den Mitmenschen zu überprüfen und eventuelle Defizite abzubauen. Das fällt Ihnen allerdings nicht leicht, denn die Energien verstärken Ihren Durchsetzungswillen und Ehrgeiz, und so ist die Versuchung groß, den Auftrieb in erster Linie zur Verfolgung egoistischer Zielsetzungen zu nutzen und die eigenen Interessen bestmöglich voranzubringen. Wenn Sie dies tun, werden Sie jedoch auf längere Zeit aus den günstigen Gegebenheiten dieser beiden Jahre sehr viel weniger Gewinn ziehen, als Sie glauben. Überstarke Ichbezogenheit, die sich in selbstsüchtigem Handeln äußert, wird sich im Endeffekt zu Ihrem Nachteil auswirken.

Auf diese Gefahr eines rücksichtslosen Ellenbogeneinsatzes müssen Sie besonders in den Monaten Februar bis April, Juni, Oktober und Dezember achten, weil dann zusätzliche Energieschübe wirksam werden. Wir wollen nun die übrigen Monate in Augenschein nehmen. Im Januar haben Sie zwar viel Schwung und Selbstvertrauen, aber auch Augenmaß und einen klaren Kopf, so daß Sie zielstrebig Neues anpacken oder Begonnenes zu Ende führen können. Pläne, die Sie jetzt fassen, sind wirklichkeitsbezogen; Möglichkeiten, die Sie beruflich weiterbringen können, erkennen Sie scharfsichtig und nehmen Sie beherzt wahr. Fast ausschließlich positive Konstellationen prägen die Monate Mai und Juli, in denen Sie sich körperlich und seelisch voll auf der Höhe fühlen. Beruflich und privat sind keine besonderen Schwierigkeiten zu erwarten; mit der Arbeit kommen Sie gut voran, die Beziehungen zu den Mitmenschen sind entspannt und harmonisch, was Ihnen zusätzlichen Auftrieb gibt. Im August und September sind Umsicht und Selbstbeherrschung vonnöten, damit nicht überschießende Energien zu unüberlegten Impulshandlungen und Übertreibungen führen. Achten Sie darauf, daß Sie Ihre Kräfte und die Ihnen zur Verfügung stehenden Mittel nicht sinnlos vergeuden. Vorsicht ist vor allem in finanzieller Hinsicht geboten, denn Sie neigen in einer bei Ihnen eher seltenen Euphorie zu Abenteuern und unüberlegten Ausgaben, die Sie im nachhinein bitter bereuen.

Im Oktober und Dezember ist, wie bereits eingangs erwähnt, erhöhte Selbstdisziplin gefragt, aber auch im November haben Sie vielleicht einige Mühe, sich in der Hand zu behalten, weil ein zusätzlicher Energieschub nicht nur Ihren Tatendrang aktiviert, sondern Sie auch ziemlich unbesonnen und rücksichtslos macht. Ratsam kann es sein, einen eventuellen Kräfteüberschuß durch körperliche Ausarbeitung oder konzentrierte sportliche Betätigung abzubauen, aber auch eine verstärkte Pflege zwischenmenschlicher Beziehungen kann überstarke Ichbezogenheit und innere Verspannungen verhindern.

1992

Das Jahr beginnt mit einem eher gemächlichen und nicht sonderlich anspruchsvollen Januar, doch danach werden zwei langschwingende Kraftschübe wirksam, die Sie nur noch wenig zur Ruhe kommen lassen. Den ersten verspüren Sie im Februar und haben zunächst einige Mühe, ihn unter Kontrolle zu halten. Das ändert sich im März, der Ihnen ein konzentriertes, zielgerichtetes Arbeiten ermöglicht und Ihnen auch einen klaren Kopf für langfristige Planungen und in die Zukunft reichende Projekte beschert. Bis in den Mai hinein befinden Sie sich in einer Aktivphase, die fast ausschließlich unter positiven Vorzeichen steht. Da Sie auf die Belange anderer Rücksicht nehmen und auf einen harten Ellenbogeneinsatz verzichten, kommen sie mit den Mitmenschen gut aus und haben weder beruflich noch privat größere menschliche Probleme. Die Arbeit macht Ihnen Freude, doch sollten Sie bei all Ihrem Tun die am Anfang des Jahres 1991 erwähnte kosmische Konstellation im Auge behalten und sich durch Ihr erhöhtes Energiepotential nicht zu Übertreibungen und unbedachten Impulshandlungen hinreißen lassen.

Diese Gefahr besteht besonders im Juli, weil Ihre Nerven stark angespannt sind und Sie auf alles, was nicht nach Ihren Vorstellungen läuft, reichlich gereizt und voreilig reagieren. Sie weichen Konfrontationen nicht aus, und wenn Sie vor Schwierigkeiten stehen, wollen Sie mit dem Kopf durch die Wand, ohne an die Beulen zu denken, die Sie sich damit einhandeln können. Nur mit Selbstbeherrschung und Kompromißbereitschaft werden Sie sich Rückschläge ersparen und Auseinandersetzungen vermeiden, die Ihnen außer Ärger nichts einbringen. Treffen Sie in dieser angespannten Lage keine Entscheidungen von großer Tragweite, denn dazu fehlt es Ihnen an vorausschauender Klarheit; gehen Sie allen unkalkulierbaren Risiken aus dem Weg, weil es Ihnen an Vorsicht fehlt und Enttäuschungen wahrscheinlich sind.

Wesentlich günstiger ist die Zeit von Mitte August bis Anfang Oktober, denn was Ihnen jetzt an Energie zufließt, ist positiven Konstellationen zu verdanken, so daß Sie aus diesen Kräften viel Gewinn ziehen können, wenn Sie sie bewußt und planvoll einsetzen. Beruflich haben Sie keine besonderen Probleme, und auch in Ihrer Privatsphäre herrscht Harmonie vor. Sie können jetzt manches in die Wege leiten, das Ihnen noch vor kurzem undurchführbar erschien, wenn Sie bei Ihren Zielsetzungen den Rahmen Ihrer Möglichkeiten im Auge behalten und keinen utopischen Wunschträumen nachhängen. Achten Sie aufmerksam auf alle Chancen, die sich Ihnen in diesen Tagen bieten; eine Förderung Ihrer Pläne kann von unerwarteter Seite kommen.

Eine Erweiterung Ihres Horizonts und Ihres Wirkungskreises durch weiterbildende Maßnahmen, berufliche Veränderungen oder neue Kontakte können die letzten Monate des Jahres bringen, wenn Sie gegebene Möglichkeiten rechtzeitig erkennen. Für anstehende langfristige Entscheidungen haben Sie den notwendigen klaren Kopf. Wachsamkeit ist nur noch einmal Ende Dezember geboten, weil innere Unrast Sie nervös und reizbar macht.